죽음을
주머니에
넣고

죽음을 주머니에 넣고

언더그라운드의 전설 찰스 부카우스키의 말년 일기

찰스 부카우스키 지음
로버트 크럼 그림
설준규 옮김

모멘토

〈일러두기〉

– 본문 속 각주는 옮긴이가 넣은 것이다.

– 제목의 시간은 그날 기록을 시작한 시간이다.

* 차례

91년 8월 28일 ········· 오후 11시 28분

경마 끗발이 좋은 날, 마권에 찍은 말들이 거의 싹쓸이다.

하지만 거기 나가 있으면 이기고 있을 때조차 지겨워진다. 경주와 경주 사이 삼십 분을 기다리고 있노라면, 목숨이 허공으로 새나가는 것 같다. 거기선 사람들이 색칠을 대충 하다 만 것처럼 잿빛으로 보인다. 그리고 나도 그들과 함께 거기 있다. 내가 달리 어딜 갈 수 있을까? 미술관? 진종일 집에서 작가질이나 하며 죽친다는 게 상상이나 되는가? 작은 스카프라도 하나 걸어볼까 싶다. 떠돌아다니다 내 집에 불쑥 들르곤 하던 그 시인이 생각난다. 셔츠 단추는 떨어지고, 바지엔 토한 자국이 있고, 머리칼이 두 눈을 찌르고, 신발 끈은 풀어졌어도, 그 기다란 스카프만큼은 언제나 매우 정갈했다. 그게 그 사람이 시인이라는 표시였다. 그가 쓴 글? 뭐, 그건 잊자….

들어와 풀장에서 헤엄치다 스파[1]에 들어갔다. 내 영혼이 위험에 처했다. 늘 그랬다.

상쾌한 밤의 어둠이 내릴 무렵 린다와 카우치에 앉아 있는데, 누가 문을 두드린다. 린다[2]가 나가보았다.

"행크[3], 이리 좀 오는 게 좋겠어요…."

맨발에 목욕 가운 차림인 채 문으로 걸어갔다. 금발 남자애 하나, 뚱뚱한 여자애 하나, 그리고 중간 정도 몸집의 여자애 하나.

"당신 싸인을 받고 싶대요…."

"난 사람 안 만나," 내가 말했다.

"우린 그냥 싸인만 받으면 되거든요," 금발 남자애가 말했다. "그럼 다신 안 온다고 약속할게요."

그러고는 제 머리통을 감싸 쥐고 키득거리기 시작했다. 여자애들은 빤히 쳐다보기만 했다.

"근데 니들 중엔 펜이나 종이쪽지조차 가진 애가 없잖아," 내가 말했다.

"아 참," 금발 아이가 머리통에서 손을 떼며 말했다. "책을 갖고 다시 와야지! 어쩜 좀 더 적당한 때…."

목욕 가운. 맨발. 그 앤 날 괴짜로 여겼을지 모른다. 내가 정말 괴짜처럼 굴었을지도.

---

1) 스파(spa): 미국에서 집 안의 스파란 '물이 소용돌이치며 기포가 나오게 만든 온수 욕조'를 가리킨다. 대표적인 제품의 이름을 따라 자쿠지(Jacuzzi)라고도 부른다.

2) 린다: 76년에 만나 85년에 결혼한 두 번째 부인 린다 리 베일.

3) 행크: 찰스 부카우스키의 '찰스'는 본디 가운데 이름이고 생략한 세례명은 '헨리'인데(Henry Charles Bukowski), 행크(Hank)는 헨리의 애칭이다. 참고로 덧붙이면, 부카우스키 소설에 작가의 분신 격으로 등장하는 인물의 이름도 헨리 찰스 '행크' 치내스키다.

"아침엔 오지 마," 내가 말했다.

걔들이 차츰 멀어지는 걸 보면서 문을 닫았다….

이제 난 여기 위층에서 걔들에 대해 쓰고 있다. 좀 모질게 대해야지, 안 그랬단 떼거리로 몰려올 거다. 저 문을 막느라 끔찍한 곤욕을 치른 게 한두 번이 아니다. 자기네를 어영부영 불러들여 밤새워 술판을 벌일 거라 기대하는 족속들이 쌔고쌨다. 난 혼자 마시는 게 더 좋다. 작가는 글만 잘 챙기면 그만이다. 독자가 있어서 발표 지면이 생긴다는 것 말곤 독자에게 빚진 것도 없다. 더군다나, 문을 두드려대는 종자들 중엔 책조차 읽지 않은 것들이 허다하다. 그냥 무슨 소문을 들었을 뿐이다. 최상의 독자, 최상의 인간은 내 눈앞에 나타나지 않음으로써 나에게 보답하는 자들이다.

91년 8월 29일 ---------- 오후 10시 55분

오늘은 경마 끗발이 시원찮은 날, 내 염병할 인생도 갈고리에 걸린 채 대롱거린다. 난 경마장에 매일 간다. 매일 거기 나타나는 사람은 직원들 빼곤 나밖에 없다. 내게 무슨 병이 있는 모양이다. 사로얀[4]은 경마에 죄다 꼬라박았고, 판테[5]는 포커에, 도스토옙스키는 룰렛에 죄다 꼬라박았다. 바닥이 나지만 않으면 돈은 사실 문제가 아니다. 내 도박꾼 친구 한 놈이 언젠가 그랬다. "따건 잃건 난 상관없어. 그냥 도박이 하고 싶은 거지." 난 돈을 좀 더 소중히 여긴다. 거의 평생토록 돈이 너무 없었다. 공원 벤치가 어떤지 집주인의 문 두드리는 소리가 어떤지 난 안다. 돈 문제는 딱 두 가지다. 너무 많거나 너무 없거나.

내 생각엔 경마장에 가면 우리가 스스로를 괴롭힐 만한 무슨 건수가 항상 널려 있다. 게다가 경마장에선 다른 사람들을, 그들의 절망적

---

4) 사로얀(William Saroyan, 1908~81): 미국의 소설가이자 극작가. 주로 캘리포니아를 배경으로, 자신이 속한 아르메니아계 사람들의 애환을 많이 그렸다.
5) 판테(John Fante, 1909~83): 미국의 소설가이자 시나리오 작가.

어둠을 감지할 수 있다. 얼마나 쉽게 그들은 패배를 시인하고 자릴 뜨는가. 경마장 군중은 세상의 축도다. 삶이 죽음과 부대끼다 패배를 맛본다. 끝까지 이기는 자는 없다. 그저 일시적 유예, 노려보는 눈초리에서 벗어난 한 순간을 구할 따름이다. (젠장, 이 무목적성[6]에 관해 곰곰이 생각하고 있는데, 피우던 담뱃불이 손가락 하나를 톡 쳤다. 그게 날 일깨워 이 사르트르적 상태에서 빼냈다.) 제길, 우린 유머가 필요하고, 우린 웃음이 필요하다. 전에 난 더 많이 웃었고, 뭐든―글 쓰는 것만 빼고―더 많이 했다. 지금 난 쓰고 또 쓰고 또 쓴다. 더 늙을수록 더 쓴다. 죽음을 껴안고 춤을 춘다. 나쁠 거 없다. 나온 물건들도 무난하다고 생각한다. 언젠가 사람들이 말하겠지, "부카우스키가 죽었어." 그러고는 내 진면목이 드러나고, 난 지겹게 환히 빛나는 가로등 기둥에 내걸리겠지. 그래서 뭐? 영원불멸이란 산 자들의 멍청한 발명품이다. 경마의 효용이 뭔지 아는가? 경마는 글줄이 흘러나오게 만든다. 번개 치듯 불시에 찾아드는 행운. 마지막 파랑새 노래. 내가 무슨 말을 하든 멋있게 들리는 건 내가 도박하듯 글을 쓰기 때문이다. 너무 신중한 사람들이 너무 많다. 그들은 연구하고, 가르치고, 그리곤 망친다. 관습이 그들에게서 열정의 불꽃을 앗아간다.

여기 위 이층에서 매킨토시와 더불어 있노라니 이제 기분이 좋아졌다. 내 단짝 매킨토시.

그리고 말러가 라디오에서 흘러나온다. 그는 과감하게 힘도 안 들

---

6) 무목적성: 삶의 무목적성, 무의미, 부조리가 사르트르의 주요한 철학적 관심사였다.

이고 매끄럽게 넘어간다. 사람들도 때론 그럴 필요가 있다. 그러다가 그는 강력한 힘이 유장하게 솟아오르는 구절들을 불러들인다. 고맙다, 말러, 내 네게 신세만 질 뿐 결코 갚지는 못하겠구나.

난 담밸 너무 많이 피우고 술도 너무 많이 마시지만, 글은 쓰고 또 써도 모자란다. 글은 그냥 끊임없이 내게 오고, 좀 더 와 달라고 내가 청하면, 또 와서 말러와 어우러진다. 때때로 난 일부러 멈추기도 한다. 난 나 자신에게 말한다, 잠깐 기다려, 잠을 자거나 아홉 마리 고양일 살펴보거나 아내와 카우치에 좀 앉아 있지 그래. 넌 경마장 아니면 매킨토시밖에 모르잖아. 그러면 난 멈추고, 브레이크를 밟고, 염병할 글쓰기를 주차시킨다. 어떤 사람들이 쓴 걸 보니 내 글이 삶을 견뎌나가는 데 도움이 됐단다. 글쓰긴 내게도 도움이 됐다. 글쓰기, 경마, 아홉 마리 고양이.

여기엔 작은 발코니가 있고, 문이 열려 있고, 남쪽으로 가는 하버프리웨이를 달리는 차들의 불빛을 볼 수 있다. 저 연이은 불빛들, 저들은 결코 멈추는 법 없이 이어지고 또 이어진다. 저 숱한 사람들. 저들은 무얼 하고 있는 걸까? 무얼 생각하고 있는 걸까? 우리 모두는 전부 죽게 돼 있는데 이 무슨 요란법석인가! 모두 죽게 돼 있단 사실 하나만으로도 우린 서로 사랑해야 하건만 그러지 않는다. 우린 하찮은 것들에 겁먹어 기가 꺾이고, 아무것도 아닌 것에 잡아먹힌다.

계속해, 말러. 네 덕분에 이 밤이 황홀해. 멈추지 마, 이 새꺄! 멈추지 말라고!

91년 9월 11일 ··· 오전 1시 20분

발톱을 깎아야겠다. 발이 날 괴롭힌 지 몇 주 됐다. 발톱이 문제라는 걸 알아도 자를 시간이 없다. 일분일초를 벌려고 언제나 싸우고 있지만 뭘 하려면 시간이 없다. 경마를 멀리할 수 있다면 물론 시간이 풍족해지겠지. 하지만 평생 난 하고 싶은 일을 할 수 있는 단 한 시간을 얻으려고 싸워왔다. 내가 나 자신에게 다가가려 할 때마다 언제나 무슨 장애물이 앞을 가로막곤 했다.

오늘밤엔 발톱을 깎는 거창한 과업을 수행해야 할까보다. 그래, 난 잘 안다. 암으로 죽어가는 사람들이 있고, 길바닥에서 판지 상자 속에 들어가 잠을 자는 사람들이 있다는 걸. 그런데도 난 발톱 깎는 일로 주절거리고 있다는 걸. 그래도 일 년에 162번 야구 경기를 보는 게으름쟁이에 비하면 난 아마 현실에 좀 더 밀착해 있는 편일 게다. 난 지옥 같은 세월을 살아왔고, 지금도 지옥 같은 세월을 살고 있으며, 우월감 따윈 없다. 내가 일흔한 살이 되도록 살아 발톱 깎는 일로 주절거리고 있다는 사실, 그 사실이 내겐 충분히 기적이다.

난 철학자들 글을 꾸준히 읽는다. 그들은 참 괴상하고 웃기고 대책 없는 작자들—도박꾼들이다. 데카르트가 등장해 말하길, 이 친구들 지금까지 순 헛소리만 했어. 그는 수학이 절대적이고 자명한 진리의 모형이라고 했다. *기계*론이다. 그다음엔 흄이 과학적 인과론의 타당성을 공격하며 등장했다. 이어서 키르케고르, "손가락으로 존재를 찔러보았다—아무 냄새도 나지 않는다. 내가 어디에 있는가?" 다음은 존재가 부조리하다고 주장한 사르트르의 등장. 난 이 작자들이 사랑스럽다. 그들은 세상을 뒤흔든다. 그런 식으로 생각하느라 골머리가 쑤시지 않았을까? 이빨 사이로 암흑이 몰려나오며 포효하지 않았을까? 이런 부류의 사람들을 길에 나다니거나 카페에서 뭘 먹거나 티브이에 나오는 사람들과 대비해보면 차이가 너무도 엄청나서, 내 속에서 뭔가 뒤틀리며 창자를 발길질한다.

아마도 난 오늘밤 발톱을 깎지 않을 거다. 난 돌아버리진 않았지만 말짱하지도 않다. 아니, 돌아버렸는지도 모르지. 암튼, 오늘, 날이 밝고 오후 두 시가 되면, 델마[7]에서 경마 시즌 마지막 날 첫 경주가 열릴 거다. 난 매일, 매 경주 돈을 걸었다. 이젠 자야지, 면도날 발톱으로 시트를 난도질하며. 안녕.

---

7) 델마(Del Mar): 캘리포니아 주 남부의 소읍(인구 4,000명 남짓)으로 4만여 명을 수용하는 경마장이 있다.

91년 9월 12일 …… 오후 11시 19분

경마가 없는 날. 정상이라는 느낌이 드는 게 묘하다. 헤밍웨이에게 투우가 필요했던 까닭을 난 안다. 그에게 투우는 삶이라는 그림을 끼울 액자 같은 것으로, 자기가 어디에서 뭘 하고 있는지를 일깨워주었으리라. 때때로 그걸 우린 잊어버린다. 기름 값을 지불하고 엔진오일을 교환하는 등등에 정신이 팔려서. 대다수 사람들은 죽음에 대한 준비가 없다, 제 자신의 죽음이건 남의 죽음이건. 사람들에게 죽음은 충격이고 공포다. 뜻밖의 엄청난 사건 같다. 염병, 어디 그래서 되겠나. 난 죽음을 왼쪽 주머니에 넣고 다닌다. 때때로 꺼내서 말을 건다, "이봐, 자기, 어찌 지내? 언제 날 데리러 올 거야? 준비하고 있을게."

꽃이 피어나는 것이 애도할 일이 아니듯, 죽음도 애도할 일이 아니다. 끔찍한 건 죽음이 아니라 인간들이 죽기까지 살아가는 삶, 또는 살아보지 못하는 삶이다. 인간들은 제 삶을 소중히 여기지 않고, 제 삶에 오줌을 싸댄다. 제 삶을 똥 싸갈기듯 허비한다. 멍청한 씨댕이들. 그들은 씹질, 영화, 돈, 가족, 그리고 또 씹질, 따위에 너무 몰입한다. 그들 머릿속엔 솜만 꽉 찼다. 그들은 하느님을 아무 생각 없이 꿀꺽 삼키고, 국가도 아무 생각 없이 꿀꺽 삼킨다. 그러다 금방 그들은 생각하는 법마저 잊어버리고, 생각도 남들이 대신 하라고 내맡긴다. 골통엔 솜만 꽉 찼다. 그들은 생긴 것도 추하고, 말하는 것도 추하고, 걷는 것도 추하다. 수세기 만에 한 번 나올 법한 위대한 음악을 틀어줘도 들을 줄을 모른다. 대다수 인간들의 죽음은 짝퉁이다. 죽을 게 남아 있어야 말이지.

난 지금 경마가 필요하다. 유머 감각을 잃어간다. 죽음이란 놈이 참지 못하는 건 사람들이 자길 비웃어대는 거다. 진짜 웃을 수 있는 사람에겐 로또 초대박도 콧방귀감이다. 서너 주일 동안 웃질 못했다. 무엇인가 날 산 채로 잡아먹고 있다. 그걸 찾느라 몸을 긁적이고, 배배 꼬고, 두리번거린다. 죽음이란 사냥꾼은 교활하다. 그놈—또는 그년—은 보이질 않는다.

이놈의 컴퓨터를 가게에 맡겨야겠다. 자세한 건 말 않겠다. 난 언젠가는 컴퓨터를 컴퓨터 제 놈들보다 더 잘 알고야 말 테다. 하지만 지금으로선 이놈의 기계가 내 불알을 잡고 개긴다.

컴퓨터라면 엄청 못마땅하게 여기는 편집자 둘을 안다. 편지 두 장을 받았는데, 컴퓨터를 막 욕해댔다. 편지가 하도 신랄해서 무척 놀랐다. 그 순진함에도 놀랐고. 컴퓨터가 나 대신 글을 써줄 수 없다는 건 나도 안다. 나 대신 써줄 수 있다 해도, 난 그런 컴퓨터를 원치 않는다. 그 양반들 둘 다 좀 심했다. 그들의 결론인즉슨 컴퓨터가 인간의 영혼에 좋지 못하다는 거였다. 글쎄, 영혼에 좋은 게 어디 있기나 한가. 하지만 난 편한 게 좋고, 두 배로 빨리 쓸 수 있으면서 글 수준이 그대로 유지된다면 컴퓨터 쪽을 택하겠다. 글을 쓸 때면 난 훨훨 날고, 글을 쓸 때면 난 불꽃이 튄다. 글을 쓸 때면 난 죽음을 왼쪽 주머니에서 꺼내 벽에 대고 던졌다가 튕겨 나오면 다시 받는다.

이 편집자 양반들은 주구장창 십자가에 못 박혀 피 흘리는 자만이 영혼이 있다고 생각한다. 그들은 우리가 반쯤 미쳐 셔츠 앞섶에 침을 질질 흘리길 원한다. 난 십자가 맛이라면 볼 만큼 봤고, 내 연료 탱크는 그런 걸로 그득하다. 십자가를 멀리한다손 치더라도 내겐 달리는 데 쓸 연료가 여전히 차고 넘친다. 너무 많아 탈이다. 자기네들이나 십자가에 올라가라지, 축하해줄 테니. 하지만 고통이 작품을 쓰는 건 아니다, 작가가 쓰는 거지.

어쨌건, 이놈을 가게에 맡긴 탓에 내 글이 또다시 타자기 신세를 졌다는 걸 이 두 양반이 알게 되면, 아, 부카우스키가 영혼을 되찾았군, 이번 물건은 훨씬 잘 읽히네, 하고 생각할 거다.

아, 뭐, 편집자들 없이 우리가 뭘 어쩌겠는가? 아니지, 우리 없이 편집자들이 뭘 어쩌겠는가? 라고 하는 편이 낫겠군.

91년 9월 13일 ············ 오후 5시 28분

경마장이 문을 닫았다. 포모나[8]의 경주는 장외발권이 안 된다. 이 염병할 뜨거운 날 거기까지 차를 몬다면 내가 염병할 놈이지. 아마도 로스알라미토스의 야간 경주에 가는 걸로 낙착되겠지. 컴퓨터를 가게에서 찾아왔지만 철자 바로잡기가 안 된다. 원인을 찾아내려고 이 놈의 기계를 들쑤셔댔다. 아마도 가게에 전활 걸어서 점원에게 물어보게 될 거다, "이제 어째야 돼?" 그럼 점원이 대충 이런 대답을 하겠지, "씨디에서 하드디스크로 옮겨야 됩니다." 아마도 난 죄다 삭제해 버리고 말겠지. 타자기가 내 뒤에 앉아서 말한다, "이보게, 나 아직 여기 있네."

이 방 말곤 딱히 가고 싶은 데가 없는 밤도 있다. 그런데 정작 이 방에 올라오고 보면 난 빈 쭉정이다. 술이 취하면 광분해서 이 화면에

---

8) 포모나(Pomona): 캘리포니아 주 로스앤젤레스 카운티에 있는 도시. 뒤에 나오는 로스알라미토스(Los Alamitos)는 로스앤젤레스 남쪽 오렌지 카운티의 소도시.

글 춤판을 벌일 수 있다는 걸 난 알지만, 내일 오후 공항에서 린다의 언니를 실어 와야 한다. 이 여잔 잠깐 들르러 온다. 이름을 로빈에서 자라로 바꿨다. 여자들은 나이 들어가면서 이름을 바꾼다. 내 말은, 많이들 그런다는 거다. 남자가 그러면 어떨까? 내가 어떤 사람과 이런 통화를 한다고 상상할 수 있을까?

"야, 마이크, 튤립이야."

"누구?"

"튤립이라고. 예전엔 찰스였는데, 튤립으로 바꿨어. 찰스라고 부르면 이젠 대답 안 해."

"좆까, 찰스".

마이크가 전화를 끊는다….

늙어간다는 건 참 묘하다. 중요한 건, 난 늙었어, 난 늙었어, 하고 시도 때도 없이 제 자신에게 일깨워줘야 한다는 거다. 에스컬레이터를 타고 내려가다 거울 속에 제 모습이 비치면, 거울을 똑바로 보지 않고, 조심스러운 미소를 띠며 비스듬히 슬쩍 시선을 던진다. 그리 흉해 뵈지도 않는다. 먼지 앉은 양초 비슷해 보일 뿐. 너무 엿같다. 신(神)들도 니기미, 인생이란 놀음도 니기미다. 35년 전에 난 죽었어야 했다. 지금 이건 덤으로 따라 붙는 한 짧은 장면 같은 거, 공포 쇼를 몇 번 더 훔쳐보는 것일 뿐이다. 늙어갈수록 작가는 더 잘 써야 한다. 더 많이 봤고, 더 많이 견뎠고, 더 많이 잃었고, 죽음에 더 다가가지 않았는가. 죽음에 더 다가갔다는 건 가장 큰 장점이다. 그리고 항상 새로운 페이지가, 가로 8과 1/2, 세로 11인치의 저 하얀 종이가 있다. 도박은 끝나지 않았다. 게다가 딴 사람들이 말한 거 한두 마디는 항상 기억에 떠오른다. 제퍼스는[9] "해를 보고 화를 내라"[10]고 했다. 정말 너무 멋들어지다. 사르트르는, "타인이 지옥이다"라고 했다. 과녁을 정통으로 꿰뚫지 않았는가. 난 혼자인 적이 없다. 혼자이면서도 딱히 혼자가 아닌 것, 그게 제일 좋은 거다.

내 오른쪽에선 라디오가 위대한 고전음악을 쉼 없이 내보내느라 애쓰고 있다. 난 밤마다 이런저런 딴 일을 하거나 또는 그저 빈둥거리면서 라디오를 서너 시간씩 듣는다. 이게 내 약이고, 이게 낮 동안 쌓인 쓰레기를 내게서 씻어낸다. 고전음악 작곡가들은 날 위해 이런 일을 해줄 수 있다. 시인들, 소설가들, 단편 작가들에겐 그런 능력이 없다. 한 패거리의 가짜들이다. 글쓰기엔 가짜들을 끌어당기는 그 무엇이 있다. 그게 뭘까? 지면상으로든 개인적으로든 작가들이란 지극히 받아들이기 어려운 인간들이다. 직접 대해 보면 지면으로 대하는 것보다 더 나쁘다. 그렇다면 그건 상당히 나쁜 거다. 왜 우린 "곱게 나쁘다"[11]라고 말할까? 왜 "흉하게 나쁘다"라고 하지 않을까? 암튼, 작가들은 곱게 나쁘고 흉하게 나쁘다. 그리고 우린 서로 헐뜯는 걸 좋아한

---

9) 제퍼스(John Robinson Jeffers, 1887~1962): 미국의 시인. 캘리포니아에 살면서 주민들의 다양한 전통과 대지의 아름다움 등에 대해 많이 썼다.

10) "해를 보고 화를 내라": 제퍼스의 시 「해를 보고 화를 내라」에 나오는 구절. "공인들이 거짓말을 하는 건 어제오늘의 일이 아니고, 역사상 존재했던 다른 공화국들과 마찬가지로 미국도 타락한 제국이 되리라는 사실을 사람들은 받아들여야 한다"라는 내용의 도입부는, "이런 것들이 네 화를 돋우면/ 해를 보고 화를 내라, 왜 지냐고"라고 이어진다.

다. 날 봐라.

글쓰기로 말하면 난 50년 전이나 지금이나 기본적으로 꼭 같은 식으로 쓴다. 그 사이 좀 나아졌을지도 모르지만 뭐 엄청 나아지기야 했겠는가. 어째서 쉰한 살을 먹고서야 겨우 글을 써서 집세를 낼 수 있게 된 걸까? 내 말은, 내가 맞고 내 글이 달라진 게 없다면, 어째 그리 오래 걸린 걸까, 라는 거다. 세상이 날 따라잡을 때까지 기다려야 했던 걸까? 그럼 지금, 세상이 날 따라잡았다면, 지금 난 어디 있단 말인가? 내 상태가 엉망이어서 그리 됐을 수도 있다. 하지만 난 무슨 운이 좀 좋았다고 해서 멍청이가 되진 않았다. 도대체 자기가 멍청이라는 걸 아는 멍청이도 있나? 그렇지만 난 만족과는 거리가 멀다. 내가 어째볼 수 없는 그 무엇이 내 속에 있다. 다리 위로 차를 몰 때마다 난 **자살**을 생각한다. 호수나 바다를 쳐다볼 때마다 자살을 생각한다. 그렇다고 그걸 두고두고 생각하지는 않는다. 하지만 그게 섬광처럼 번쩍 떠오르곤 한다. **자살**. 불이 들어오듯. 어둠 속에서. 바깥이 존재한다는 걸 알면 안에 머무는 게 좀 더 쉬워진다. 이해가 돼? 그렇지 않다면 미치는 수밖에 없겠지. 근데, 이봐, 미치는 건 별 재미 없어. 좋은 시 한 편을 쓰고 나면 그 시가 날 계속하도록 지탱해줄 버팀목이 된다. 다른 사람들이 어떤지는 모르지만, 아침에 신발을 신느라 몸을 숙

---

11) "곱게 나쁘다": "pretty bad." 'pretty'는 부사로서 '상당히', '제법'이라는 뜻으로 쓰이는가 하면, 형용사로는 '곱다'는 뜻으로 쓰이는데, 이걸 이용해 저자가 '상당히 나쁘다'란 원래 뜻을 "곱게 나쁘다"라고 비틀었다.

"다른 사람들이 어떤지는 모르지만,
아침에 신발을 신느라 몸을 숙이면서 난 생각한다,
어이, 막강한 그리스도, 이제 뭐지?"

이면서 난 생각한다, 어이, 막강한 그리스도, 이제 어쩌지? 내 인생이 날 엿 먹였고, 난 내 인생과 사이가 좋지 않다. 인생이란 통째 먹어치우는 게 아니라 조금씩 한 입씩 먹어야 한다. 똥바가지를 삼키는 거와 비슷하다. 정신병원이며 감옥이 사람으로 넘치고 길거리가 사람으로 넘친다는 게 내겐 결코 놀랍지 않다. 내 고양이들을 쳐다보는 게 난 좋다. 날 차갑게 식혀주니까. 고양이들 덕분에 기분도 견딜 만해진다. 하지만 한 방 그득 인간들이 있는 데다 날 처넣진 마라. 절대 그러지 마라. 특히 휴일에는 그러지 마라.

내 첫 번째 아내[12]가 인도에서 죽은 채 발견됐건만 가족 중 어느 누구도 시신을 원하지 않았다는 소식을 들었다. 불쌍한 사람. 목뼈가 불구라 목을 돌리질 못했다. 그것 말곤 완벽하게 아름다운 여자였다. 그 사람이 원해서 이혼을 했는데, 그 사람으로선 잘한 일이었다. 난 그 사람을 구원할 만큼 자상하지도 대범하지도 못했다.

12) 첫 번째 아내: 바버라 프라이. 텍사스 주의 시인이자 시 편집자로 부카우스키와 편지로 사귀다 결혼해 2년 남짓 살고 1958년 이혼했다.

91년 9월 21일 .... 오후 9시 27분

어젯밤 영화 시사회에 갔다. 붉은 카펫. 터지는 플래시. 뒤이은 파티. 또 이어진 파티 두 차례. 얘기는 그다지 듣지 못했다. 사람이 너무 많았다. 너무 더웠다. 첫 파티가 벌어진 바(bar)에서 웬 젊은 녀석이 날 성가시게 굴었는데, 녀석의 심히 둥그런 두 눈은 절대 깜짝이는 법이 없었다. 녀석이 무슨 마약을 했는지 또는 하지 못했는지 난 알지 못한다. 그런 작자들이 부지기수로 나다닌다. 그 젊은 녀석은 그런대로 괜찮게 생긴 여자 셋과 함께였는데, 녀석은 내게 그 여자들이 자지 빨길 즐긴단 소릴 하고 또 했다. 여자들은 그저 웃으며 "그래, 맞아!" 라고 할 뿐이었다. 대화는 온통 그런 식으로 이어졌다. 내내 그런 식으로. 그 말이 사실인지 아니면 날 놀리고 있는 건지 알아내려고 난 줄곧 애를 썼다. 하지만 조금 뒤 그냥 지겨워졌다. 그런데도 그 젊은 녀석은 한사코 내게 밀착해오며 여자들이 자지 빨길 즐긴단 소릴 마냥 주절거렸다. 녀석의 얼굴은 점점 더 바짝 다가왔고, 주절거림은 끝없이 이어졌다. 이윽고, 난 팔을 뻗어 녀석의 셔츠 앞섶을, 꽉, 틀어쥐고는, 그를 그렇게 잡은 채로 말했다, "잘 들어. 일흔한 살 잡수신 노인께서 이 많은 분들 면전에서 자넬 피똥 싸게 패드린다면 모양새가 별로겠지? 어때?" 그러고는 녀석을 놓아줬다. 녀석은 바의 벽면을 빙 돌아 반대쪽으로 걸어갔다. 제 여자들을 거느린 채. 니미럴, 도대체 이게 무슨 짓이람.

난 작은 방구석에 앉아 말을 가지고 이런저런 짓을 하는 데 너무 빠져 있는 게 아닌가 싶다. 인간들이라면 경마장, 슈퍼마켓, 주유소, 프리웨이, 카페, 기타 등등에서 보는 걸로 충분하다. 그건 어쩔 수 없는 일이다. 하지만 무슨 모임에 갈 때마다, 암만 공짜 술을 먹을 수 있다 해도, 난 얼른 내빼고 싶어진다. 모임 따윈 내게 도무지 맞지 않는다. 난 다른 할 짓이 쌔고쌨다. 인간들은 날 텅 비워버린다. 도망가서 다시 채워야 한다. 내게 제일 좋은 건 나 자신이다. 여기 꾸부리고 앉아 수제 담배를 피우며 이 화면에 말들이 깜박거리는 걸 지켜보는 나 자신 말이다. 별스럽거나 흥미를 끄는 인간을 만나는 일은 거의 없다. 그 사실을 생각하면 성질이 나는 정도가 아니라, 니기미 항시적으로 충격을 먹는다. 그 땜에 난 염병할 투덜이가 된다. 어느 누구나 염병할 투덜이가 될 수 있고, 사실 대개들 투덜이다. 사람 살려!

난 그저 하룻밤 푹 자고 싶다. 하지만 우선, 염병할 읽을 게 도통 없다. 쓸 만한 작품은 웬만큼 읽고 나면 더 이상은 아예 없다. 직접 쓰는 수밖에. 대기 중에 생기라곤 없다. 그래도 난 아침이면 일어나겠지. 그러다 내가 일어나지 않는 그 아침은? 뭐, 괜찮다. 창 햇빛 가리개, 면도날, 경마정보지, 자동응답기 따위도 더 이상 필요 없겠지. 하

"잘 들어. 일흔한 살 잡수신 노인께서
이 많은 분들 면전에서 자넬 피똥 싸게 패드린다면
모양새가 별로겠지? 어때?"

기야, 벨이 울려봐야 십중팔구 아내 전화 아닌가. 종은 나를 위해 울리지 않는다.[13)]

잠, 잠. 난 배를 깔고 잔다. 오래된 습관이다. 맛이 간 여자들을 난 너무 많이 데리고 살았다. 낭심께를 보호해야만 한다. 그 젊은 녀석이 내게 덤벼들지 않은 게 못내 아쉽다. 엉덩이를 걷어차 주고 싶은 기분이었는데. 어마어마하게 기분 전환이 됐을 텐데. 안녕히.

---

13) 종은 나를 위해 울리지 않는다: 헤밍웨이의 소설 『누구를 위해 종은 울리나(*For Whom the Bell Tolls*)』에 빗댄 문장.

91년 9월 25일 .... 오전 12시 28분

덥고 멍청한 밤, 고양이들은 저 두터운 털에 갇혀 죽을 맛이다. 녀석들이 날 바라보지만 나라고 별수 있나. 린다는 두어 군데 볼일이 있어 나갔다. 그 사람은 할 일과 말상대가 필요하다. 난 괜찮지만, 그 사람은 술을 마시는 편이라 음주운전을 해서 집으로 와야 한다. 난 좋은 동반자가 못 되고, 무슨 일에든 대화는 내 취향이 아니다. 생각—또는 영혼—을 주거니 받거니 하고 싶지도 않다. 난 그저 하나의 외딴 돌덩어리일 뿐이다. 그 돌덩어리 속에 훼방 없이 머물고 싶다. 애당초부터 그런 식이었다. 부모에게 저항했고, 그다음엔 학교에 저항했고, 또 그다음엔 건전한 시민이 되는 것에 저항했다. 내가 어떤 인간이었던 간에, 말하자면, 애당초부터 난 그런 식이었다. 어느 누구건 내 그런 면을 집적대는 걸 난 원치 않았다. 지금도 그렇다.

공책에다 제 생각을 끼적대는 인간들을 난 맹꽁이라고 생각한다. 내가 이 짓거릴 하는 건 오로지 누가 그래보라고 권해서다. 그러니, 보다시피, 난 원조 맹꽁이도 못 된다. 하지만 이 짓을 하다 보면 왠진 몰라도 좀 더 편해진다. 난 그냥 굴러가는 대로 내버려둔다. 언덕 아래로 굴러가는 뜨끈한 똥 덩어리처럼.

경마를 어째야 할지 모르겠다. 경마가 날 바짝바짝 태우는 것 같다. 오늘 난 할리우드파크 경마장[14]에서 서성거렸다. 페어플렉스파크에서 진행되는 열세 경주에 장외발권으로 베팅했다. 일곱 번째 경주가 끝나자 72달러를 따고 있었다. 그래서? 그게 내 눈썹에 난 흰 털 몇 가닥이라도 빼주나? 그게 날 오페라 가수라도 만들어주나? 내가 원하는 게 뭘까? 난 어려운 게임에서 이기고 있다. 공제율 18퍼센트 경주에서 이기고 있는 거다. 난 그럴 때가 제법 자주 있다. 그러고 보니 그건 그다지 어렵지도 않은 게 분명하다. 내가 원하는 게 뭘까? 하나님이 있건 없건 난 정말 신경 안 쓴다. 그 따윈 흥미 없다. 자 그러니, 공제율 18퍼센트 경주가 염병할 뭐 어쨌다는 거냐?

둘러보니 맨날 보는 바로 그 남자가 지껄이고 있다. 그 남잔 날이면 날마다 꼭 같은 자리에 서서 이 사람 저 사람 또는 동시에 두어 사람에게 지껄여댄다. 그는 경마정보지를 쥐고 경주마 품평 중이다. 얼마나 썰렁한가! 내가 여기서 뭘 하고 있는가?

자리를 뜬다. 주차장으로 걸어가 차를 몰고 떠난다. 겨우 오후 네 시다. 얼마나 근사한가. 쑥쑥 차를 몰아나간다. 다른 사람들도 쑥쑥 몰아나간다. 우린 나무 잎사귀 위를 기어가는 달팽이다.

---

14) 할리우드파크: 로스앤젤레스 카운티 잉글우드에 있었던 경마장. 이어 나오는 페어플렉스파크는 포모나 시에 있는 경마장의 옛 이름.

집 진입로에 들어와 차를 세우고 내린다. 린다가 응답기에 메시지를 남겨놓았다. 우편함을 살펴본다. 가스 요금 청구서. 그리고 시가 잔뜩 든 큼지막한 봉투 하나. 시는 한 편 한 편 딴 종이에 인쇄돼 있었다. 여자들이 생리에 관해, 젖꼭지와 젖통에 관해, 씹질에 관해 주절거리고 있다. 완전 지겹다. 쓰레기통에 던져버린다.

그러고는 똥을 눈다. 기분이 좀 나아진다. 옷을 벗고 풀장에 걸어들어간다. 얼음처럼 차다. 그래도 참 좋다. 깊은 쪽으로 걸어가다 보니 풀장 물이 조금씩 차오르면서 몸이 서늘해진다. 그러곤 풍덩 잠수를 한다. 마음이 가라앉는다. 세상은 내가 어디 있는지 모른다. 물 위로 올라와 건너편 가장자리로 헤엄쳐 가서 선반처럼 튀어나온 데를 찾아 걸터앉는다. 대충 아홉 번째 또는 열 번째 경주가 진행되고 있을 거다. 말들은 여전히 달리고 있을 거다. 다시 풍덩 잠수한다. 내 멍청한 백색 피부, 거머리처럼 달라붙는 내 나이 따윌 의식하며. 하지만 상관없다. 40년 전에 죽었어야 했다. 물 위로 올라와 건너편 가장자리로 헤엄쳐 간 뒤 풀장에서 나온다.

그건 한참 전 일이다. 지금 난 여기 매킨토시 IIsi와 함께 있다. 지금으로선 내게 이것이 거의 전부다. 잠을 잘까 싶다. 내일 경마를 위해 푹 쉬자.

91년 9월 26일 ········· 오전 12시 16분

오늘 새 책 교정지를 받았다. 시집. 마틴의 얘기론 350페이지쯤 될 거란다. 시가 날 떠받쳐준다고 난 생각한다. 날 지탱해준다. 난 철길을 씩씩거리며 달려 내려가는 늙은 기차다.

읽는 데 두어 시간 걸렸다. 난 이런 일 하는 덴 훈련이 좀 된 편이다. 시행들이 막힘없이 흘러가면서 내가 하고 싶은 얘길 어지간히 해낸다. 지금 내게 가장 큰 영향력을 행사하는 건 나 자신이다.

살아가노라면 우린 갖가지 덫에 걸려 찢긴다. 아무도 그 덫을 피하진 못한다. 어떤 사람은 덫과 더불어 살기도 한다. 덫을 덫으로 알아차리는 게 중요하다. 덫에 걸렸으면서도 알아차리지 못했다간 끝장이다. 난 내 덫을 대개는 알아봤다고 생각하고, 또 그것들에 관해 글도 써왔다. 물론, 모든 글이 죄다 덫에 관한 것만은 아니다. 다른 것들도 다뤄야 한다. 그런데 어떤 사람은 삶 자체가 함정이라고 말할지도 모른다. 사실 글쓰기도 사람을 덫에 빠뜨릴 수 있다. 어떤 작가들은 지난날 자기 독자들의 마음에 들었던 걸 또 쓰는 경향이 있다. 그랬단 끝장이다. 대다수 작가들은 창작 수명이 짧다. 그들은 찬사를 들으면 그걸 믿어버린다. 글쓰기의 최종 심판관은 딱 한 명, 작가 자신밖에 없다. 작가는 평론가, 편집자, 출판업자, 독자에게 휘둘리는 날엔 끝장이다. 그리고 작가가 명성과 행운에 휘둘리는 날엔 강물에 처넣어 똥 덩어리와 함께 떠내려 보내도 물론 괜찮다.

새로운 한 줄 한 줄은 각각 하나의 출발점이며, 앞서 나간 그 어느 줄과도 무관하다. 우리 모두는 매번 새로 시작한다. 그리고 그게 뭐 그리 대단하게 거룩한 것도 물론 아니다. 세상은 글쓰기가 없는 불편은 견뎌도 배관설비 없는 불편은 못 견딘다. 이 세상엔 그 둘 다 별로 없는 곳들도 있다. 물론, 난 차라리 배관설비 없이 사는 쪽을 택하겠지만, 나야 뭐 좀 맛이 가지 않았나.

그 무엇도 한 인간의 글쓰기를 멈춰 세울 순 없다. 그 인간 스스로 멈춘다면 몰라도. 한 인간이 진실로 글을 쓰길 원한다면 그는 결국 쓸 거다. 거절과 조롱은 그를 강하게 만들 따름이다. 그리고 오래 막으면 막을수록 그는 더 강해질 거다. 엄청나게 불어나 댐을 무너뜨리는 격류처럼. 글을 써서 손해 볼 건 없다. 글쓰기 덕분에 우린 자는 사이에 원기를 되찾을 거고, 글쓰기 덕분에 우린 호랑이처럼 늠름하게 활보하게 될 것이며, 그 덕분에 우린 눈에 불꽃이 튀고 또 죽음을 똑바로 대면하게 될 거다. 우린 투사로서 죽음을 맞이하고, 지옥에서 경배받을 거다. 말의 운수, 그거에 맡기고, 써갈겨버려라! 어둠 속의 어릿광대가 되라. 글쓰기, 그거 재밌다. 재밌고말고. 새로 한 줄 더….

91년 9월 26일 .... 오후 11시 36분

새 책 제목. 그걸 생각해내려 애쓰며 경마장에 앉아 있었다. 경마장이야말로 생각을 할 수 없는 장소 아닌가. 경마장은 사람의 두뇌와 영혼을 빨아먹는다. 정기를 싹 말려버리는 자지 빨기, 그게 바로 경마장이다. 게다가 난 며칠 밤 잠을 못 잤다. 뭔가 내게서 기운을 빨아내고 있다.

맨날 혼자 오는 그 남자를 오늘 경마장에서 봤다. "어떻소, 찰스?" 난 "좋소" 라고 답하곤 자릴 피했다. 그는 동지애를 원한다. 이것저것 얘기도 하고 싶어 한다. 말 얘기. 난 말 얘긴 안 한다. 내가 **절대로** 안 하는 게 말 얘기다. 몇 차례 경주가 지나갔을 무렵, 베팅머신 너머로 날 쳐다보는 그의 모습이 눈에 잡혔다. 가련한 친구. 밖으로 나가 자리에 앉는데 경찰 한 명이 내게 말을 붙이기 시작한다. 뭐, 여기서는 그런 사람을 안전요원이라 부른다. 그가 말했다, "성적 게시 전광판을 옮기고 있어요." "그렇군," 내가 답했다. 게시판을 땅에서 파내 좀 더 서쪽으로 옮기고 있는 중이었다. 뭐, 덕분에 사람들 일거리가 생겼다. 난 사람들 일하는 걸 보는 게 좋다. 내가 맛이 갔는지 아닌지 알아보려는 속셈으로 보안요원이 내게 말을 붙이고 있는 거라는 생각이 들었다. 아마도 그건 아닐지 모른다. 하지만 난 그런 생각이 들었다. 어떤 생각이 그런 식으로 날 덮치게 난 내버려둔다. 배를 벅벅 긁으며 선량한 늙은이인 척 굴었다. 내가 말했다, "호수를 복원할 예정이라더구먼." 그가 답했다, "예." "원래 여기를 호수와 꽃의 경마장이라 불렀지." 그가 물었다, "그래요?" "그렇다네," 내가 답했다. "거위 아가씨 경연대회도 열곤 했어. 거위 아가씨로 뽑히면 보트를 타고 나가 거위들 사이로 이리저리 노를 저어 다녔다네." 경찰이 말했다, "그랬군요." 그는 마냥 거기 서 있었다. 내가 일어나며 말했다, "음, 가서 커피나 한 잔 해야지. 좀 쉬쇼." 그가 말했다, "예, 우승마 몇 마리 찍으세요." 내가 답했다, "댁도." 그러고서 난 자릴 떴다.

시집 제목. 머릿속이 하얗게 비었다. 날씨가 차가워진다. 션찮은 늙은이라 재킷을 챙겨 오는 게 좋겠다는 생각이 들었다. 4층에서 에스컬레이터를 타고 내려갔다. 누가 에스컬레이터를 발명했나? 움직이는 층계. 자, 맛이 간 게 어떤 걸까? 인간들은 에스컬레이터, 엘리베이터를 타고 오르락내리락하다 차를 모는데, 차고 문은 또 단추 하나만 누르면 열린다. 그러고는 살을 빼겠답시고 헬스클럽엘 간다. 4,000년쯤 뒤면 우린 다리가 없어져 똥구멍을 깔고 꾸물꾸물 기어 다니거나 가을바람에 회전초[15] 꼴로 그냥 굴러다닐지도 모른다. 모든 종은 자멸한다. 공룡이 왜 멸종했느냐 하면, 주위에 있는 모든 걸 싹 먹어치우자 서로서로 잡아먹는 수밖에 없었고, 그 결과 남게 된 딱 한 마리 씹새는 그냥 굶어죽었기 때문이다.

차로 내려가 재킷을 챙겨 걸친 뒤 에스컬레이터를 타고 돌아왔다. 그러노라니 내가 무슨 플레이보이나 전문 도박꾼이라도 된 듯한 기분이었다. 그런 부류들은 일쑤 자릴 떴다 얼마 뒤 되돌아오지 않던가. 무슨 특별한 비밀정보라도 알아보고 온 듯한 기분이었다.

암튼, 난 마권에 찍은 말들의 경주를 죄다 지켜봤고, 운도 좀 따랐다. 열세 번째 경주가 되자 날은 이미 어두웠고 비가 내리기 시작했다. 10분 일찍 베팅을 하고 자릴 떴다. 차량들이 조심조심 운행하고 있었다. 비가 오면 LA의 운전자들은 된통 겁을 먹는다. 난 빨간 미등의 무리 뒤에 붙어 프리웨이에 올랐다. 라디오는 켜지 않았다. 침묵을 원했다. 제목 하나가 내 두뇌를 관통했다. 『환멸에 빠진 자들을 위한 성서』. 아니, 별로다. 최고의 제목 몇 가지가 기억났다. 다른 작가들의 제목 말이다. 『나무와 돌을 경배하라』.[16] 대단한 제목에 너절한 작가. 『지하에서 온 편지』.[17] 대단한 제목에 대단한 작가. 또, 『마음은 외로운 사냥꾼』. 카슨 매컬러스,[18] 매우 저평가된 작가. 내 제목 수십

---

15) 회전초: 가을바람에 지상부가 둥글게 뭉쳐져 굴러다니는 미국 북서부 사막 지대에 흔한 잡초.

16) 『나무와 돌을 경배하라』: 미국 작가 조세핀 로런스(Josephine Lawrence, 1889~1978)가 1938년에 낸 소설.

17) 『지하에서 온 편지』: 도스토옙스키의 소설. 번역서 제목은 『지하 생활자의 수기』 또는 『지하로부터의 수기』다.

18) 카슨 매컬러스(Carson McCullers, 1917~67): 미국의 여성 작가. 20대에 뇌졸중을 앓는 등 평생 병고에 시달리며 글을 썼다.

개 가운데 가장 맘에 들었던 건『짐승들과 동거할 만큼 제정신 아닌 남자의 고백』이다. 하지만 그걸 난 등사판으로 찍은 작은 팸플릿 제목으로 날려버렸다.

그때 프리웨이가 멈춰서버렸고, 난 그냥 차 속에 앉아 있었다. 아무 제목도 생각나지 않고 머릿속은 텅 비어버렸다. 한 주일 내내 잠만 자고 싶었다. 쓰레기통을 밖에 내놔 다행이다. 지쳤다. 이젠 그걸 하지 않아도 된다. 쓰레기통들. 어느 날 밤 난 쓰레기통 위에서 술에 취해 잤다. 뉴욕 시. 내 배에 앉아 있던 큰 쥐 한 마리가 날 잠에서 깨웠다. 인간과 쥐가 둘 다 공중으로 3피트쯤 펄쩍 솟구쳤다. 그땐 작가가 되려고 애쓰는 중이었다. 지금 난 명색이 작가지만 제목 하나도 생각해내지 못한다. 난 가짜다. 차량이 움직이기 시작했고 나도 따라 움직였다. 어느 누구도 다른 사람이 누군지 모른다. 그리고 그건 대단한 거다. 그때 번갯불의 엄청난 섬광이 프리웨이를 때렸고, 난 그날 들어 처음으로 무척 기분이 좋아졌다.

91년 9월 30일 ········· 오후 11시 36분

며칠 동안 머릿속이 하얗게 되도록 고민한 끝에, 이윽고, 아침에 깨어나니 제목이 턱 하니 나와 있었다. 자는 사이에 떠올랐던 모양이었다. 『지구의 마지막 밤』. 시집 내용에 딱 맞는, 종말과 병과 죽음을 다루는 시들에 딱 맞는 제목이다. 물론, 다른 걸 다루는 시들도 섞여 있다. 유머까지도. 하지만 이 제목은 이 책, 이 시기에 잘 어울린다. 일단 제목을 정하고 나면 제목이 모든 것의 아귀를 척척 맞추고, 시들은 제자리를 잡는다. 그리고 난 그 제목이 맘에 든다. 그런 제목이 붙은 책이 눈에 띈다면 난 집어 들어 몇 페이지 읽어보고 싶을 거다. 관심을 끌 속셈으로 과장된 제목을 붙이기도 한다. 안 통하는 짓이다. 거짓은 안 통하니까.

자, 그 책은 완료. 이젠 뭘 하지. 소설도 다시 쓰고 시도 좀 더 쓰자. 단편은 도대체 어찌 된 거지? 단편이 날 저버렸다. 까닭이야 있겠지만 난 뭔지 모른다. 까닭을 찾으려 들면 찾기야 하겠지만, 그걸 찾으려 든다고 도움 될 건 전혀 없다. 내 말은, 그럴 시간이 있으면 소설이나 시를 쓰는 데 쏟는 게 낫다는 거다. 아님 발톱이나 깎든지.

쓸 만한 발톱깎이 하나 누가 좀 발명해줬으면 오죽 좋을까. 못할 것도 없을 텐데. 가게에서 써보라고 주는 건 참으로 불편하고 속 상하는 물건이다. 어떤 부랑자가 발톱깎이 한 쌍을 꼬나들고 술가겔 털겠답시고 덤볐단 얘길 읽은 적이 있다. 그 경우에도 발톱깎인 쓸모가 없었다. 도스토옙스키는 뭘로 발톱을 깎았을까? 반 고흐는? 베토벤은? 그 양반들, 깎기나 했을까? 안 깎았겠지. 난 린다더러 발톱을 깎아달라고 부탁하곤 했다. 린다는 선수처럼 깎는다—심심찮게 살 조각을 잘라서 그렇지. 나야 뭐 고통이라면 이골이 난 놈 아닌가. 종류 안 가리고.

곧 죽으리라는 걸 알면서도 난 그게 참 낯설게 느껴진다. 난 이기적인 놈이라 그저 글을 계속 더 쓰고 싶을 뿐이다. 글 덕분에 내 맘 속에 따듯한 빛이 환히 자리 잡는가 하면, 글 덕분에 난 황금빛 대기 속으로 훌쩍 솟구치기도 한다. 하지만 사실 내가 얼마나 더 계속할 수 있을까? 마냥 계속하는 건 옳지 않다. 염병, 죽음은 연료 탱크 속 휘발유다. 우리에겐 죽음이 필요하다. 내게도 필요하고, 네게도 필요하다. 우리가 너무 오래 머물면 여긴 쓰레기로 꽉 찬다.

내 생각에, 사람이 죽은 뒤 가장 낯설게 느껴지는 건 망자의 신발을 쳐다보는 거다. 그건 더없이 슬프다. 망자의 됨됨이가 마치 신발 속에 깃들어 남아 있는 듯하다. 옷가지, 그건 아니다. 신발이다. 또는 모자나 한 켤레 장갑이다. 한 사람이 지금 막 죽었다 치자. 어디 한번 망자의 모자나 장갑이나 신발을 침대에 올려놓고 쳐다봐라. 그랬단 미치기 십상이다. 그런 짓은 하지 마라. 어쨌든 망자는 네가 모르는 무언가를 이제 안다. 어쩌면.

오늘은 경마 시즌 마지막 날이다. 할리우드파크 경마장에 있으면서 페어플렉스에서 진행되는 경주에 장외발권으로 베팅을 했다. 열세 경주 모두 베팅을 했다. 운이 좋은 날이었다. 아주 상쾌하고 힘이 넘치는 기분으로 경마장에서 나왔다. 오늘은 거기 나가 있는 게 지겹지도 않았다. 의기양양하고 세상과 연결돼 있다는 느낌이었다. 기분이 고조되면 참 근사하다. 평소엔 무심히 넘기던 것들이 눈에 확 띈다. 차를 몰고 돌아가는데 운전대가 눈에 확 띈다든가 뭐 그런 식이다. 계기판도. 염병할 우주선 속에 앉아 있는 듯한 느낌이다. 차량 사이를 요리조리, 날렵하게, 그러나 무례하지 않게 누빈다—거리와 속력을 조절하면서. 멍청한 짓. 하지만 오늘은 다르다. 고조된 기분이 오래간다. 정말 묘하다. 하지만 그런 기분을 떨치려 애쓰진 않는다. 그게 지속되지 않으리라는 걸 아니까. 내일은 경마가 없는 날이다. 10월 2일 오크트리 경마대회.[19] 대회는 끝없이 이어지고, 수천 마리 말이 달린다. 몰려오는 밀물의 일부를 보듯 생동감 있다.

남쪽 방향 하버프리웨이에서 경찰차가 내 차 뒤에 따라붙는 걸 알아채기도 했다. 제때에. 난 속력을 60마일로 줄였다. 갑자기 경찰이 한참 뒤쪽으로 떨어져나간다. 60을 유지했다. 75로 달리는 게 속도측정기에 찍힐 뻔했다. 경찰은 아큐라 차를 싫어한다. 계속 60에 머물렀다. 5분 동안. 경찰이 굉음을 내며 90은 족히 되는 속력으로 날

19) 오크트리(Oak Tree) 경마대회: 이 당시엔 로스앤젤레스 카운티 아케이디아 시의 샌타애니타파크에서 열렸다.

앞질러 갔다. 안녕, 안녕, 친구. 누구나 마찬가질 테지만, 난 딱지 떼는 게 싫다. 백미러를 계속 봐야 한다. 간단하다. 하지만 언젠가는 잡히기 마련이다. 잡히면, 음주운전 중이거나 마약 소지 중이 아닌 걸—그런 문젠 없다 치고—다행으로 생각하는 수밖에. 어쨌거나, 책 제목은 지었다.

그리고 지금 난 여기 매킨토시와 함께 있고, 내 앞엔 멋들어진 공간이 펼쳐져 있다. 라디오의 음악은 끔찍하지만, 100퍼센트 완벽한 날을 기대할 순 없지 않은가. 51만 돼도 이긴 거다. 오늘은 97이었다.

CIA 등을 다룬 방대한 새 소설을 메일러[20]가 썼다는 걸 난 안다. 노먼은 직업적인 작가다. 언젠가 그 친구가 내 아내에게 물었다, "행크는 내 작품 안 좋아해. 그렇지요?" 노먼, 작가 치고 다른 작가 작품 좋아하는 사람 별로 없어. 좋아할 경우가 딱 하나 있긴 하지. 그 작가가 막 죽었거나 죽은 지 한참 됐을 경우. 작가들이란 오로지 제 똥 킁킁대며 냄새 맡는 것만 좋아하거든. 나도 그들 중 하나다. 난 작가들과 말 섞는 것조차 싫고, 그들을 쳐다보는 것도 싫고, 그들 얘길 듣는 건 더 싫다. 최악은 함께 술을 마시는 건데, 한없이 징징대는 꼴이 정말 딱하다. 어미 날갯죽지라도 파고들 기세다.

작가들 생각을 하느니 난 차라리 죽음을 생각하겠다. 훨씬 더 즐겁다.

---

20) 메일러(Norman Mailer, 1923~2007): 미국의 소설가, 저널리스트, 극작가, 영화인. 트루먼 커포티, 헌터 톰슨, 톰 울프 등과 더불어 이른바 '뉴저널리즘'('창조적 논픽션'이라고도 한다)의 선구자이기도 하다.

이놈의 라디오는 꺼버려야지. 작곡가들도 때론 개뿔이다. 누구랑 말을 섞어야 한다면 컴퓨터 수리 기사나 장의사 쪽이 낫다. 술이야 마시건 마시지 않건. 마시는 편이 나을 테지만.

91년 10월 2일 ······ 오후 11시 03분

기다리는 사람에게나 기다리지 않는 사람에게나 죽음은 닥친다. 오늘은 뜨거운 하루, 뜨겁고 멍청한 하루였다. 우체국에서 나오는데 차가 시동이 안 걸렸다. 뭐, 난 점잖은 시민이다. 자동차협회[21] 회원이다. 해서, 전화가 필요했다. 40년 전엔 도처에 전화가 있었다. 전화와 시계가. 대충 둘러보면 언제나 시간을 알 수 있었다. 지금은 안 그렇다. 이젠 시간도 아무 데서나 알 수 없다. 공중전화도 사라지고 있다.

본능에 따랐다. 우체국으로 들어가 층계 하날 내려가니, 컴컴한 구석 아무도 없는 곳에 안내 표지도 없이 전화기 한 대가 놓여 있었다. 끈적거리고 더럽고 시커먼 전화기 한 대. 2마일 이내에는 다른 전화

---

21) 자동차협회(American Automobile Association, AAA): 미국의 모든 주와 워싱턴 DC의 자동차협회들이 연합한 비영리 단체로, 캐나다까지 포함해 5,400만 명이 넘는 가입자에게 도로 정보, 여행 정보와 예약, 긴급 조치, 보험 등의 광범위한 서비스를 제공한다. 저자가 사는 캘리포니아 남부에서는 공식 명칭이 'Auto Club'이다.

가 없었다. 전화기 사용법은 안다. 아마도. 안내에 걸었다. 안내원 목소리가 들려오자 살았구나 싶었다. 안내원이 침착하고 단조로운 목소리로 어느 도시를 원하느냐고 물었다. 도시 이름을 말하고 자동차협회를 부탁했다. (이 온갖 소소한 일을 할 줄 알아야 하고, 거듭거듭 해야만 된다. 안 그랬단 죽는 수가 있다. 길바닥에서. 돌봐주는 이도 없이, 천덕꾸러기 신세로.) 안내원 여자가 번호를 가르쳐주었지만 엉뚱한 거였다. 사무실 번호였다. 그래서 정비소 번호를 물어 전화 걸었다. 마초 같은, 서늘하고 지친 듯하지만 전투적인 목소리. 근사하다. 그에게 관련 사항을 알려줬다. "30분이면 갑니다," 그가 말했다.

난 차로 가서 편지 한 통을 뜯었다. 시 한 편이었다. 맙소사. 나에 관해 썼단다. 제 자신에 관해서도. 우린 15년 전쯤 두 번 만난 적이 있는 모양이었다. 자기 잡지에 내 시를 싣기도 했단다. 그의 말로는 내가 대단한 시인이지만 술을 마셔대는 게 탈이란다. 게다가 난 형편없는 막장 인생을 살았다. 요즘 젊은 시인들이 술을 마셔대고 형편없는 막장 인생을 사는 건 그래야 시인이 된다고 생각하기 때문이란다. 또, 내가 시에서 다른 사람들을 공격했단다. 자기도 당했다고 했다. 그리고 나에 관한 섭섭한 얘기를 그가 시에 썼다고 내가 멋대로 상상했단다. 사실 그는 괜찮은 사람으로, 그의 말로는, 다른 시인들 시를 15년 동안이나 제 잡지에 실었다는 거였다. 그런데 난 괜찮은 사람이 아니었다. 난 대단한 작가지만 괜찮은 사람은 못 된다는 거였다. 그는 결코, 절대, 나랑 "교재할" 마음이 없었단다. 그는 "교제"를 "교재"라고 썼다.[22] "you're"는 계속 "your"라고 썼다. 그는 철자법을 잘 몰랐다.

차 속은 뜨거웠다. 화씨 100도. 1906년 이래 시월 중 제일 더운 날이었다.

그 편지엔 답을 안 할 작정이었다. 그가 다시 편질 쓰겠지.

다른 편지 하나는 출판중개인이 보낸 건데, 웬 작가의 작품이 동봉돼 있었다. 대충 훑어봤다. 허접한 물건. 역시나. "이 작품에 대한 의견이나 출판과 관련된 조언이 있으면 말씀해주시길…."

또 다른 편지 하나는 어느 여성이 보낸 것으로, 자기가 제안한 대로 내가 남편에게 몇 구절의 시와 소묘를 보내줘서 고맙다는 얘기, 덕분에 남편이 무척 기뻐했다는 얘기가 적혀 있었다. 하지만 자기네 부부는 이혼을 했고 자긴 지금 프리랜서로 뛰고 있는데, 내게 와서 인터뷰를 해도 되겠냐는 거였다.

난 일주일이면 두 번꼴로 인터뷰 요청을 받는다. 사실 난 얘깃거리가 그리 많지 않다. 쓸 거리는 넘치지만 얘깃거린 별로 없다.

지금 기억이 나는데, 오래전에 무슨 독일 언론인이란 작자가 날 인터뷰한 적이 있다. 난 그에게 포도주를 퍼먹이며 네 시간 동안 지껄여댔다. 그러고 난 뒤 그자는 술이 취해 목을 구부정히 빼며 말했다, "난 인터뷰 전문가가 아녀. 그냥 댁을 만나려고 둘러댔던 거여."

우편물을 한옆으로 던져버리곤 죽치고 기다렸다. 좀 있다 견인 트럭이 보였다. 미소를 띤 젊은 친구였다. 괜찮은 젊은이군. 맞아.

---

22) "교제"를 "교재"라고 썼다: '교제하다'는 뜻의 동사 'pal'의 과거분사 "palled"를 'paled'로 잘못 썼다는 것인데, 그렇게 쓰면 '창백해지다'라는 엉뚱한 뜻이 된다.

"이봐, 멋쟁이!" 내가 냅다 소릴 질렀다, **"이쪽!"**

그가 후진해서 차를 돌렸고, 난 차에서 내려 뭐가 문젠지 그에게 설명했다.

"아큐라 정비소까지 견인해주쇼," 내가 그에게 부탁했다.

"보증 기간이 아직 남았습니까?" 그가 물었다.

안 남았다는 걸 그는 젠장 잘 알고 있었다. 지금이 1991년인데 난 1989년에 출고된 놈을 몬다.

내가 말했다, "상관없으니, 아큐라 딜러한테 견인해달라고."

"그 사람들 수리하는 데 시간 많이 걸려요. 아마 일주일은 걸릴 걸요."

"무슨, 아니야, 그 사람들 빨라."

"생각해보세요," 그가 말했다. "우린 전용 정비공장이 있다고요. 거기 끌고 가면 아마 오늘 내로 끝낼 수 있을지도 몰라요. 만약 안 되면, 손님 연락처 적어뒀다 제때 전화할 겁니다."

바로 그 순간 난 내 차가 그 친구네 정비공장에 한 주일 내내 처박질러져 있는 꼴을 그려보았다. 캠축을 교체해야 한단 소릴 듣게 될지도 몰라. 아니면 실린더헤드를 연삭해야 한단 소리를.

"아큐라로 견인해달라니까," 내가 말했다.

"잠깐만요," 그가 말했다. "먼저 사장님한테 연락해보고요."

난 기다렸다. 그가 돌아왔다.

"점프 시동을 걸어보라는데요."

"뭐?"

"점프 시동요."

"알았어, 해보자고."

난 차 안에 들어가 트럭 뒤로 차가 굴러가게 했다. 그가 점프선을 꺼내 내 차에 연결하자 금방 시동이 걸렸다. 서류에 내 서명을 받아 그는 차를 몰고 떠났고, 나도 차를 몰고 떠났다….

그때 난 동네 정비소에 차를 맡기기로 마음먹었다.

"저흰 손님 잘 알죠. 몇 년째 여길 오시잖아요," 지배인이 말했다.

"좋아," 내가 말하고 웃어 보였다. "그러니 바가지 씌우지 마쇼."

그는 그냥 날 빤히 쳐다봤다.

"45분이면 됩니다."

"알았소."

"차로 모셔다드릴까요?"

"좋지."

그가 손가락으로 가리켰다. "저 친구가 모셔다드릴 겁니다."

참한 젊은이가 거기 서 있었다. 우린 그의 차로 걸어갔다. 내가 그에게 길을 일러주었다. 언덕 위로 차를 몰았다.

"아직 영화 만드세요?" 그가 내게 물었다.

보다시피 난 유명인사다.

"아니," 내가 답했다. "씨부럴 할리우드."

그는 무슨 말인지 못 알아들은 눈치였다.

"여기 세워," 내가 말했다.

"야, 집 크네요," 그가 말했다.

"난 그냥 거기서 일만 해," 내가 말했다.

그건 사실이었다.

난 차에서 내렸다. 그에게 2달러를 줬다. 그는 좀 사양하다 받았다.

진입로를 걸어 올라갔다. 고양이들이 여기저기 노곤하게 너부러져 있었다. 난 다음 생에는 고양이가 되고 싶다. 하루 스무 시간씩 자고, 먹여주길 기다리기만 하면 된다. 퍼질러 앉아서 똥구멍만 핥으면 그만이다. 인간은 너무 초라하고 화만 내고 외골수다.

걸어올라가 컴퓨터 앞에 앉았다. 이놈이 내 새로운 위안거리다. 이놈을 들이고 나서부터 내 글쓰기의 힘과 산출량이 두 배는 높아졌다. 마법 같은 놈이다. 보통 사람들이 티브이 앞에 앉듯 난 이놈 앞에 앉는다.

"그건 그냥 멋을 부린 타자기일 뿐이에요," 내 사위 녀석이 언젠가 내게 말했다.

그러나 갠 작가가 아니다. 갠 알 리 없다. 말이 허공을 물어뜯으며 번쩍 빛난다는 게 뭔지, 머릿속에 떠오른 생각이 곧바로 말로 이어지고, 그 말이 더 많은 생각을 부추겨 다시 더 많은 말이 이어진다는 게 뭔지, 걔가 알 리 없다. 타자기, 그건 흙탕 속을 걷는 거와 같다. 컴퓨터, 이건 얼음판에서 스케이트 타기다. 불꽃 튀는 폭발이다. 물론, 우리 속에 든 게 아무것도 없다면 다 상관없는 얘기지. 게다가 마무리 작업, 수정 작업은 또 어떤가. 염병, 난 모든 걸 두 번씩 써야만 했다. 처음엔 일단 풀어놓느라, 두 번째는 실수를 고치는 등 엿같은 작업을 하느라. 지금 식으로 하면 재미와 환희와 해방감을 단방에 맛볼 수 있다.

컴퓨터 다음에 올 단계가 뭘지 궁금하다. 아마도 손가락으로 관자놀이를 누르기만 하면 완벽한 표현이 무더기로 쏟아져 나올 테지. 물론, 시동 걸기 전에 연료부터 그득 채워야겠지만, 그 정도 해낼 수 있는 행운아 몇몇은 늘 있을 게다. 그러길 바라자.

전화가 울렸다.

"배터리가 문제네요," 그가 말했다. "새 배터리로 갈아야 해요."

"돈을 못 내면 어쩌지?"

"그럼 스페어타이어를 잡아둘게요."

"금방 가지."

언덕 아래로 막 내려가는 참인데 이웃집 노인 소리가 들렸다. 그가 내게 소릴 질러대고 있었다. 그의 집 계단을 올라갔다. 노인은 파자마 바지와 낡은 회색 운동복 상의를 입고 있었다. 걸어 올라가 그와 악수했다.

"누구시더라?" 그가 물었다.

"이웃에 삽니다. 10년 됐지요."

"난 아흔여섯이라오," 그가 말했다.

"알지요, 찰리."

"하느님이 날 안 데려가려고 해. 내가 자기 일자릴 낚아챌까 겁나는가봐."

"영감님은 그러시고 남지요."

"악마놈 일자리도 낚아챌 수 있어."

"그러시고 남지요."

"몇 살인가?"

"일흔하나요."

"일흔하나?"

"네."

"그 나이면 늙었구먼."

"아, 저도 잘 알아요, 찰리."

우린 악수를 했고, 나는 그의 집 계단을 되짚어 언덕 아래로, 지친 식물들과 지친 집들을 지나쳐 내려갔다.

주유소로 가는 중이었다.

또 하루를 궁둥이 걷어차 쫓아버렸다.

91년 10월 3일 .... 오후 11시 56분

오늘은 장외발권 베팅 두 번째 날이었다. 실제 경주가 열린 오크트리에는 사람들이 7,000명밖에 없었다. 그 먼 아케이디아까지 차를 몰고 가려는 사람들은 많지 않다. 타운의 남부에 사는 사람들로선, 하버프리웨이를 탔다가 패서디나프리웨이로 바꿔 탄 다음, 프리웨이에서 내려와 또 여러 거리를 통과해야 오크트리 경마에 갈 수 있었다. 운전으로 왕복하기엔 무척 멀고도 더운 여정이다. 거길 운전해서 다녀오면 난 늘 완전 녹초가 된다.

어느 삼류 조교사가 내게 전활 했다. "사람들이 아무도 안 와요. 끝장이에요. 새 직업을 구해야겠어요. 워드프로세서를 구해 작가나 될까 싶네요. 선생님 얘길 써볼까…."

그의 목소리가 자동응답기에 녹음되어 있었다. 난 그에게 전활 걸어 우승확률 6 대 1 경주에서 2등으로 들어온 걸 축하했다. 하지만 그는 기가 죽어 있었다.

"별 볼일 없는 조교사는 끝났어요. 이게 끝장이라고요," 그가 말했다.

뭐, 사람들이 내일 얼마나 오는지 봐야지. 금요일이니 어쩌면 천 명쯤 더 올 수도 있지. 장외발권 베팅만이 문제가 아니라, 경제가 더 큰 문제다. 상황은 정부나 언론이 인정하는 거보다 더 나쁘다. 경제 여건이 아직 살 만한 사람은 그냥 아무 소리 않고 있다. 잘 돌아가고 있는 제일 큰 사업은 마약 장사가 아닌가 싶다. 젠장, 그것마저 없다면 젊은이들은 거의 다 실업자가 될 거다. 나야 뭐 아직 작가 놀음으로 잘 나가고 있지만 이 짓도 밤새 아작나 버릴 수 있다. 뭐, 그래도 난 매달 943달러의 노령연금이 나온다. 일흔부터 받기 시작했다. 하지만 그것도 날아가버릴지 모른다. 세상 온 늙은이들이 연금도 못 받고 길바닥을 헤맨다고 상상해보라. 그럴 가능성을 무시하지 마라. 국가 부채가 거대한 문어처럼 우리 발목을 휘감아 쓰러뜨릴 수도 있으니. 사람들이 묘지에서 잠을 자게 될 거다. 그런가 하면, 속 썩은 빵이 껍질은 멀쩡한 거처럼 상류층은 여전히 흥청거리며 산다. 놀랍지 않은가? 어떤 작자들은 염병할 놈의 돈이 너무 많아 얼마나 되는지도 모를 정도다. 몇백만 달러는 예사다. 할리우드를 봐라. 6,000만 달러씩 들어간 영화들을 내놓는데, 이 영화들은 그런 걸 보러 가는 딱한 얼간이들만큼이나 멍청하다. 부자들을 언제나 끄떡도 없다. 그들은 사회체제를 젖 짜듯 쥐어짤 방도를 항상 찾아내 왔으니까.

경마장이 사람으로 미어터지던 시절을 기억한다. 사람들은 어깨와 어깨, 엉덩이와 엉덩이를 비비대며 땀 흘리고 고함질러 대다가, 발 디딜 틈 없는 바로 밀어닥쳤다. 좋은 시절이었다. 신나는 하루를 보낸 뒤 바에서 여자 하날 낚으면, 둘이 함께 아파트로 와 밤이 이슥하도록 웃어대며 술을 마셨다. 우린 그런 날들이 (그리고 그런 밤들이) 절대 끝나지 않으리라 생각했다. 왜 끝나야 한단 말인가? 이곳저곳 주차장을 돌며 벌이던 불법 도박. 쌈박질. 허세 부리고 뽐내기. 감전된 듯한 짜릿함. 젠장, 인생은 멋있었고, 인생은 즐거웠다. 우리 남자들은 모두 사내다웠고, 어느 누구한테든 엿 먹고는 못 참았다. 누가 뭐래도 참 좋았다. 술 퍼마시고 여자랑 뒹굴기. 도처에 바, 발 디딜 틈도 없는 바. 티브이 따윈 없었다. 말을 섞다 보면 시비가 붙는 게 예사였다. 길바닥에서 술에 취해 해롱거리다 걸리면, 하룻밤 유치장에 갇혀 술이 깨는 걸로 그만이었다. 일자릴 잃으면 금방 또 찾았다. 한군데서 오래 빌빌거릴 필요가 없었다. 정말 끝내주는 시절, 정말 끝내주는 인생이었다. 신나는 일들이 항상 일어났고, 더 신나는 일들이 뒤를 이었다.

이젠 그 모든 열기가 사그라져버렸다. 햇살 좋은 일요일 오후 큰 경마장에 고작 7,000명이라니. 바에 사람이라곤 없다. 바의 주인만 쓸쓸히 타월을 만지작거리고 있을 뿐. 사람들은 다 어디 갔나? 그 어느 때보다 인구는 많아졌는데 다들 어디로 갔나? 어느 골목 귀퉁이에 서 있거나 방구석에 틀어박혔겠지. 손쉬운 전쟁에서 이겼으니 부시가 재선될지도 모른다. 그 작잔 경제를 위해 염병할 아무것도 한 게 없다. 내일 아침 은행 문이 열릴지 안 열릴지도 알 수 없다. 좋았던 옛 시절 타령을 할 생각은 없다. 하지만 1930년대엔 너나없이 적어도 제가 선 자리가 어딘진 알지 않았던가. 지금은 사는 게 요지경 속 같다. 이 모든 걸 하나로 묶어주는 게 뭔지 아무도 잘 모른다. 또는 자기가 정말 누굴 위해 일을 하고 있는지도. 일을 하고 있기라도 하다면.

빌어먹을, 나도 이런 소리 관둬야겠다. 요즘 세상 돌아가는 거에 관해 투덜대는 사람은 나 말곤 아무도 없는 듯하다. 혹 있다 해도, 아무도 못 듣는 데서 그러는 모양이다.

난 빈둥거리며 시, 소설 따위나 쓰고 있다. 나로선 어쩔 수 없는 일이다. 다른 건 전혀 할 줄을 모르니.

난 60년 동안 가난했다. 지금은 부자도 가난뱅이도 아니다.

경마장은 매점, 주차장, 사무실, 그리고 관리 부서의 인원을 일시적으로 해고하기 시작할 거다. 경주에 쓰이는 예산이 줄어들겠지. 필드도 줄어들고 기수들도 줄어들 거다. 웃을 일도 확 줄어들 테지. 자본주의는 공산주의를 견뎌냈다. 하지만 지금은 제 살을 깎아먹는다. 2000년을 향해 가고 있다. 그때면 난 죽어서 여길 벗어났겠지. 내 작은 책 더미를 남긴 채. 경마장에 사람이 7,000명이라. 7,000명. 난 믿을 수가 없다. 시에라마드레 산맥도 스모그에 싸여 울고 있다. 말이 더 이상 달리지 않게 되는 날엔 하늘이 풀썩, 널찍하고 육중하게 무너져내리며 깡그리 박살 낼 거다. 글래스웨어가 아홉 번째 경주에서 이기는 바람에 9달러를 건졌다. 난 그 말에 10달러를 걸었는데.

91년 10월 9일 .... 오후 12시 07분

컴퓨터 교실은 아픈 부랄 걷어차이기였다. 조금씩 조금씩 주워들어 근근이 전체를 익혀간다. 문제는 책의 설명 방식과 사람들의 설명 방식이 다르다는 거다. 용어 체계를 이해하는 것도 더디다. 컴퓨터란 녀석은 '실행'할 뿐, '이해'하진 못한다. 컴퓨터를 혼란에 빠뜨렸다간 녀석에게 당할 수도 있다. 녀석과 잘 사귀는 건 사람이 하기 나름이다. 그렇다곤 해도, 녀석은 때로 맛이 가서 묘하고 이상한 짓을 벌이기도 한다. 바이러스에 걸리는가 하면 쇼트가 나고 먹통이 돼버리는 등 갖은 일이 생긴다. 어쩐지 오늘밤엔 컴퓨터 얘긴 덜 할수록 좋을 것 같다.

아주 오래전 파리에서 날 인터뷰했던 그 또라이 프랑스 기자는 대체 어찌 됐을지 궁금하다. 그 친군 딴 사람들이 맥주 마시듯 위스키를 마셨다. 빈 술병이 늘어날수록 그는 점점 더 똑똑하고 흥미로운 사람으로 변했다. 아마도 죽었겠지. 나도 하루 열댓 시간은 예사로 마셔댔지만, 대개 맥주나 포도주였다. 나도 죽었을 만하다. 난 죽게 돼 있다.

생각해보면 죽는 게 나쁠 거도 없다. 난 괴상하고 거친 한평생을 살았고, 삶의 대부분은 끔찍했으며 한마디로 고역이었다. 하지만 난 개똥 같은 인생을 내 나름의 '방식'으로 꾸역꾸역 뚫고 나왔고, 그게 내가 남들과 다른 점이다. 지금 돌이켜보니 무슨 일이 일어나건 난 어느 정도는 쿨하고 늠름한 모습을 잃지 않았던 거 같다. 날 차에 태워 끌고 가던 FBI 녀석들이 골을 내던 게 기억난다. "**야, 이 친구 제법 쿨한데!**" 한 녀석이 성질이 나서 버럭 소릴 질렀다. 내가 왜 붙잡혔는지, 날 어디로 끌고 가는지 난 묻지 않았던 것이다. 난 그냥 어찌 되든 상관없었다. 의미 없는 인생의 그저 또 다른 단면이었을 뿐. "**잠깐**," 내가 말했다. "난 무섭소." 그 말에 그들은 기분이 좀 좋아지는 듯했다. 그들은 내게 외계인 같았다. 우린 서로 관계 맺을 수가 없었다. 하지만 이상했다. 난 아무 느낌도 없었으니까. 뭐, 딱히 이상하다고 내가 느꼈다는 게 아니라, 일반적인 의미에서 이상했다는 거다. 난 그저 손들, 발들, 머리들을 보고 있을 따름이었다. 그들은 무언가 이미 마음을 정했고, 난 그들의 처분만 기다릴 수밖에 없었다. 난 정의나 논리 따윈 기대하지 않았다. 그런 게 내 차지가 된 적은 없었다. 아마 그래서 내가 사회적 항변 같은 걸 글에서 다루지 않았는지도 모른다. 저들이 무슨 수를 써본들 전체 구조는 결코 의미 있는 것으로 변하지 않을 거다. 아무 것도 없는데 뭘로 좋은 걸 만들어낼 수 있겠는가. 그 자들은 내가 겁내는 꼴을 보고 싶었던 거다. 그들에겐 그게 익숙하니까. 난 그저 넌더리가 날 뿐이었다.

난 지금 이 나이에 컴퓨터 교실에 다닌다. 하지만 내 유일한 장난감인 말을 갖고 노는 데는 그 편이 낫다. 오늘밤엔 그냥 여기서 생각에 잠긴다. 라디오에서 나오는 클래식 음악도 선찮다. 컴퓨터를 끄고 아내와 고양이랑 잠시 앉아 뭉갤까 싶다. 말을 우격다짐으로 막 밀어붙이지 마라. 무슨 시합을 하는 것도 아니고, 경쟁도 분명 거의 없지 않은가. 거의.

91년 10월 14일 ········· 오후 12시 47분

물론, 경마장에는 몇몇 이상한 친구들이 나타난다. 거의 매일 거기 나와 있는 어떤 친구가 있다. 그는 한 경기도 못 이기는 것 같다. 매 경기가 끝날 때마다 그는 낙담해서 이긴 말에 대고 뭐라 고함을 질러댄다. **"개똥 같은 새끼,"** 그는 고함치곤 한다. 그리곤 그 말이 절대 이겨선 안 된다고 계속 소릴 질러댄다. 5분은 족히 그런다. 그 말의 예상승률은 대개 5 대 2, 3 대 1, 7 대 2로 나온다. 사실 그런 말이면 한가락 하기 마련이다. 안 그랬단 예상승률이 떨어질 테니까. 하지만 이 신사양반에겐 그런 게 한마디로 아무 의미가 없다. 비디오 판독으로 결판나는 경기라면 더욱 그가 져선 안 된다. 그야말로 난리가 나니까. **"씨부럴 놈의 하느님! 나한테 이럴 순 없어!"** 그가 어떻게 경마장 출입금지를 당하지 않는지 난 도무지 모르겠다.

언제가 내가 다른 한 친구에게 물어본 적이 있다, "이봐, 저 친구 무슨 돈으로 경마를 해?" 난 이 친구가 때로 그 이상한 친구에게 말을 거는 걸 본 적이 있다.

"씨부럴 놈의 하느님!
나한테 이럴 순 없어!"
R. CRUMB '95

"돈을 빌려," 그가 대답했다.

"빌려줄 사람이 씨가 마를 텐데?"

"새로운 사람을 찾지. 그 친구가 잘 쓰는 표현이 뭔지 알아?"

"아니."

"은행이 아침 몇 시면 열지?"

내 짐작에 그는 어떻든 그저 경마장에 나올 수만 있다면, 거기 있을 수만 있다면 족했다. 계속 잃기만 한다손 치더라도 경마장에 나와 있다는 건 그에게 무언가 의미 있는 일이었다. 거긴 그가 가 있어도 되는 장소다. 거긴 미친 꿈도 있다. 하지만 거긴 따분하다. 현기증 나는 장소. 사람들은 하나같이 자기만이 딸 방법을 안다고 생각한다. 멍청한 찌질이들. 나도 그들 가운데 하나다. 다만 내겐 경마가 취미일 뿐이다. 내 생각, 내 희망사항일 뿐이지만. 하지만 거기엔 무언가 있다. 짧고도 짧은 시간의 틀 속에서 일어나는 일이긴 하지만. 가령 내가 건 말이 냅다 달려 선두로 들어왔을 땐 섬광이 번득인다. 난 그 과정을 목격한다. 도취감, 고양감이 일어난다. 말들이 내 뜻을 따라줄 때면 인생이 얼추 의미 있어 보인다. 하지만 그러는 사이사이 시간은 너무 지겹다. 서서 얼쩡대는 사람들. 그들 대다수는 찌질이다. 사람들은 먼지처럼 메말라 보이기 시작한다. 그들은 물기를 죄다 빨렸다. 하지만 난 억지로 집에 박혀 있다 보면 매우 불안해지면서, 병들고 쓸모없다는 기분이 든다. 이상한 일이다. 밤은 별 문제 없다. 타자를 치니까. 하지만 낮을 처분해야 한다. 나 역시 어떤 면에선 병들었다. 현실을 직시하지 않는다. 하지만 염병 어느 인간이 현실을 직시하고 싶은가?

필라델피아의 한 술집에서 새벽 다섯 시부터 다음날 새벽 두 시까지 죽치던 시절이 생각난다. 거긴 내가 가 있을 수 있는 유일한 장소 같았다. 난 내 거처에 갔다 되돌아온 걸 기억조차 못하기 일쑤였다. 늘상 술집의 그 의자에 앉아 있었던 것만 같았다. 난 현실을 회피하고 있었다. 현실이 싫었다.

어쩌면 이 친구에게 경마장이 갖는 의미는 내게 그 술집이 가졌던 의미와 같을까?

그래, 뭐가 쓸모 있는지 내게 말해보라. 변호사가 되라고? 의사? 국회의원? 죄다 똥이다. 똥이 아니라고들 생각하지만 똥이다. 그자들은 체제에 단단히 묶여 벗어나지 못한다. 게다가 거의 모든 사람들은 제가 하는 일에 그리 능하지도 않다. 그래도 상관없다. 그들은 누에처럼 안전한 고치 속에 들어앉았으니.

어느 날 거기 일이 좀 재밌게 돌아갔다. 경마장 얘길 다시 하는 거다.

그 또라이 고함쟁이가 평소처럼 나와 있었다. 또 한 친구가 거기 있었는데, 그는 두 눈에 좀 문제가 있었다. 화난 눈이었다. 그는 고함쟁이 가까이 서서 오가는 얘길 듣고 있었다. 그러다가 그는 고함쟁이가 다음 경주에 관해 예측하는 걸 들었다. 고함쟁이의 예측은 듣기에는 근사하다. 화난 눈의 사내가 고함쟁이가 일러주는 대로 베팅을 하고 있는 게 분명했다.

시간이 점점 흘렀다. 남자 화장실에서 나오면서 난 그 장면을 목격하고 그 소리를 들었다. 화난 눈이 고함쟁이에게 소릴 질러대고 있었다, "*염병할 놈, 닥쳐! 죽여버릴 거야!*" 고함쟁이가 등을 돌려 자릴 피하면서 말했다, "제발…제발…." 퍽 지치고 넌더리 난다는 말투였다. 화난 눈이 그를 뒤쫓으며 소리쳤다, "**이 개새끼! 죽여버릴 거야!**"

보안요원이 들이닥치더니 화난 눈을 뜯어말려서 데리고 갔다. 분명코 경마장에서 사람이 죽어나가는 걸 눈감아줄 순 없는 일이었다.

불쌍한 고함쟁이. 그는 남은 하루 내내 찍소리도 없었다. 하지만 경기가 끝날 때까지 가지 않았다. 도박은, 물론, 사람을 산 채 잡아먹는 수도 있다.

언젠가 내 여자친구 하나가 내게 말했다, "자기 정말 상태가 나쁘니까, 알코올중독 익명치료 프로그램이랑 도박중독 익명치료 프로그램[23] 둘 다 다녀야겠어." 하지만 그 여잔 그 문제들 때문에 침대에서 뒹구는 데 차질이 생기지 않는 한 그 어느 쪽도 사실 신경 쓰지 않았다. 실제로 차질이 생기면 그 여잔 술과 도박을 증오했다.

내 친구 중에 못 말리는 도박꾼 한 명이 있었다. 언젠가 그가 내게 말했다, "따건 잃건 난 상관없어. 그냥 도박이 하고 싶은 거지."

난 그렇지 않다. 기아선상을 수도 없이 헤맸으니까. 땡전 한 푼 없는 건, 아주 젊을 때라면 좀 다를지 모르나, 전혀 낭만적이지 않다.

어쨌든, 고함쟁이는 그다음 날도 거기 또 나왔다. 하는 짓도 꼭 같아서, 경주마다 결과를 두고 욕을 해댔다. 절대 우승마를 찍지 않는

---

23) 알코올중독 익명치료 프로그램, 도박중독 익명치료 프로그램(Alcoholics Anonymous와 Gamblers Anonymous): 중독자들의 치료와 상호부조를 위한 국제적 조직들이다.

걸 보면 그는 천재다. 생각해보라. 참 어려운 일 아닌가. 내 말은, 설사 아무것도 모른다손 치더라도, 그냥 번호 하나, 예를 들어 3번을 찍으면 된다는 거다. 이틀이고 사흘이고 3번에 계속 걸다 보면 언젠가는 우승마를 찍게 돼 있다. 그러나 이 친구는 아니었다. 신기한 인간이다. 그는 말이라면 모르는 게 없다. 랩타임, 승부지수, 페이스, 경주마 등급 등등. 하지만 여전히 그는 지는 놈만 찍는다. 한번 생각해보라. 생각해보곤 잊어버려라. 안 그러면 돌아버릴 테니.

난 오늘 257달러 건졌다. 서른다섯에 뒤늦게 경마를 시작했다. 36년짼데, 계산해보니 경주마들에게 받을 빚이 아직 5,000달러쯤 된다. 신들이 봐줘서 팔구 년 더 살게 된다면 빚을 다 받고 죽을지도 모르지.

자, 그 정도면 노려볼 만한 목표 아닌가. 안 그런가? 응?

91년 10월 15일 ········· 오전 12시 55분

완전 탈진. 이번 주엔 며칠 밤 술을 마셨다. 예전처럼 빨리 회복되지 않는다는 걸 인정할 수밖에 없다. 지쳐서 제일 좋은 건 (글을 쓰면서) 거칠고 어리석은 선언을 남발하지 않는다는 점이다. 버릇이 되지만 않는다면 그게 꼭 나쁜 것만은 아니지만. 글은 제 앞가림부터 하는 게 우선이다. 그거만 되고 나면, 글은 자동적으로 읽을 맛이 나고 흥미진진해진다.

내가 아는 어느 작가는 하룻밤에 다섯 시간씩 타자를 친다고 사람들에게 전화를 걸어 자랑한다. 그런 얘길 듣고 사람들이 신기하게 여겨야 한다고 생각하는 모양이다. 이런 얘길 내가 굳이 해야 하나? 중요한 건 '무엇을' 타자로 치느냐다. 그 작가, 전화 거는 시간도 타자 치는 시간의 일부로 계산하는 건지 난 궁금하다.

난 한 시간에서 네 시간 정도 타자를 치지만, 네 시간째가 되면 왠지 차츰 맥이 풀려 거의 아무것도 안 하게 된다. 어떤 녀석이 언젠가 내게 말했다, "밤새도록 빠구릴 했어." 하룻밤에 다섯 시간씩 타자를 친다는 작가와는 다른 사람이다. 하지만 두 사람이 만난 적은 있다. 어쩌면 그 둘이 번갈아가며, 임무를 바꿔가며 볼일을 보는 게 나을지도 모르겠다. 다섯 시간씩 타자를 친 녀석이 밤샘 빠구리에 나서고, 밤샘 빠구릴 한 녀석이 다섯 시간 타자에 나서보는 거다. 아니 어쩌면, 타자는 딴 사람에게 맡겨둔 채 지들끼리 빠구릴 할 수도 있겠지. 제발 그 '딴 사람' 역할에 날 부르진 말 것. 여자에게 시키면 될 테지. 여자가 있다면….

으음, 난 오늘밤 왠지 멍청해진 기분이다. 막심 고리키를 계속 생각하고 있다. 왜냐고? 모르겠다. 어쩐 일인지 고리키가 결코 실제로 존재했던 인물이 아닌 거 같다. 어떤 작가들 경우엔 그들이 실제 존재했다는 걸 쉽게 믿을 수 있다. 투르게네프나 D. H. 로런스 같은 작가들. 헤밍웨이는 반만 그렇고 반은 그렇지 않은 거 같다. 그는 실제 존재했으면서도 또 실제 존재하지 않았다. 근데 고리키는? 그는 뭔가 매우 강력한 걸 실제로 썼다. 혁명 이전에. 그러다 혁명 이후에는 글이 창백해지기 시작한다. 투덜댈 거리가 별로 없었던 거다. 반전운동가들도 같은 신세다. 그들도 전쟁이 있어야만 번성할 수 있으니까. 반전운동으로 잘 먹고 잘 사는 사람들도 있다. 전쟁이 없으면 그들은 뭘 해야 할지 모른다. 걸프전쟁 기간에 한 떼의 작가와 시인이 대규모 반전 시위를 계획하고 시며 연설문 등을 다 준비해뒀다. 그런데 별안간 전쟁이 끝나버렸다. 시위는 한 주일 뒤로 잡혀 있었다. 그러나 그들은 시위를 취소하지 않았다. 아랑곳없이 밀고나갔다. 무대에 서고 싶었기 때문에. 그들은 그래야만 했다. 그건 인디언의 기우제 춤과도 좀 비슷했다. 나 자신도 전쟁에 반대한다. 반전주의가 대중의 지지를 얻는 고상하고 지적인 그 무엇이 되기 전인 먼 과거에 난 이미 반전주의자였다. 하지만 난 직업적인 반전운동가들 중 많은 이들의 용기와 동기를 미심쩍게 여긴다. 얘기가 고리키에서 이리로 흘러오다니, 어찌된 거냐고? 생각은 굴러가기 마련, 아무렴 어때.

경마 끗발이 좋은 또 하루. 걱정 마라. 내가 돈을 죄다 따는 건 아니니. 이기겠다 싶어 거는 돈이 10달러나 20달러고, 판세가 정말 좋아 보일 때 거는 게 40달러니까.

경마장이 사람들을 헷갈리게 만드는 게 또 한 가지 있다. 매 경주마다 두 사람이 티브이에 나와 어느 말이 이길 거라고 생각하는지 지껄여댄다. 매 경주마다 그들은 고객의 순손실 금액이 얼만지 보여준다. 공인 핸디캡 사정원(査定員), 예상승률 비교표, 경마 베팅 안내 등도 죄다 꼭 같은 짓을 한다. 암만 컴퓨터라고 해도, 제아무리 많은 정보를 입력해도, 우승마를 점칠 수는 없다. 어떤 사람의 제안을 듣는 대가로 돈을 낼 때마다, 우린 손해를 보게 된다. '어떤 사람'엔 상담 정신과 의사나 심리학자, 중개인, 강습회 강사 등등도 다 포함된다.

실패 뒤 자신을 추슬러 움직여나가는 것보다 더 큰 가르침을 주는 건 없다. 그러나 사람들은 대개 두려움에 시달린다. 사람들은 실패를 너무 두려워한 나머지 실패하고 만다. 그들은 너무 길들여졌고, 뭘 할 건지 지시받는 데 너무 익숙하다. 그게 가족에서 시작해서 학교를 거쳐 사회생활로 이어진다.

보다시피, 경마 끗발이 며칠째 좋다 보니 갑자기 내가 유식해졌다.

밤공기 속으로 문이 열려 있고 난 여기 앉아 얼어붙고 있지만, 일어나 문을 닫으러 가진 않는다. 이 말들이 나와 더불어 막 내달리고 있는데, 난 그게 너무 좋아 멈출 수가 없다. 하지만, 젠장, 가야지. 일어나 문을 닫고 오줌도 눠야지.

자, 했다, 두 가지 모두. 스웨터도 껴입었다. 늙은 작가가 스웨터를 껴입고 앉아, 컴퓨터 화면을 흘겨보며 인생에 관해 쓰고 있다. 우린 도대체 얼마나 거룩해질 수 있을까? 그리고, 니미럴, 한 인간이 평생 동안 오줌을 얼마나 누어대는지 궁금하게 여겨본 적이 있는가? 얼마나 먹고 싸지르는지는? 수 톤 될 거다. 끔찍하다. 우린 얼른 뒈져서 여길 떠나주는 게 제일 좋다. 우리 몸에서 뽑아내는 걸로 세상 모든 걸 오염시키고 있으니까. 춤추며 돌아가는 여자애들도 니기미다. 걔들도 마찬가지니까.[24)]

내일은 경마가 없는 날. 화요일은 휴장이다.

아래층에 내려가 아내 곁에서 무슨 멍청한 티브이 프로나 볼까 싶다. 난 경마장 아니면 이놈의 기계 앞이다. 아마 아내도 그걸 다행으로 여길 거다. 내 희망사항이지만. 자, 여기 내가 납신다. 난 괜찮은 녀석이다. 알겠나? 계단을 내려간다. 나랑 같이 사는 건 이상할 거다. 내게도 이상하다.

안녕히.

---

24) 부카우스키의 자전적 소설 『햄 온 라이(*Ham on Rye*)』에는 작가의 분신이라 할 치내스키가, 동년배 아이들이 고등학교 졸업무도회에서 우아한 차림으로 멋들어지게 춤추는 걸 숨어서 창 너머로 지켜보며 고립감과 상실감을 느끼는 대목이 나온다.

"늙은 작가가 스웨터를 껴입고 앉아,
컴퓨터 화면을 흘겨보며 인생에 관해 쓰고 있다.
우린 도대체 얼마나 거룩해질 수 있을까?"
PLEASE NO SMOKING
R. CRUMB '95

91년 10월 20일 .... 오전 12시 18분

오늘밤은 아무것도 없는 그런 밤 중 하나다. 늘 이 모양이라고 상상해보라. 몽땅 퍼내버린 것 같은 기분. 불안감. 불빛도 없고, 춤도 없고, 혐오감조차도 없다.

이런 식이라면, 자살을 하겠다는 재치 있는 생각조차 들지 않겠다. 그런 생각이 아예 일어나질 못하니까.

일어나 몸을 좀 긁적이다 물이나 좀 마시자.

칠월의 잡종개가 된 기분이다. 다만 지금은 시월이다.

그래도 난 괜찮은 한 해를 보냈다. 내 뒤 책장엔 엄청나게 많은 페이지의 글이 쌓여 있다. 정월 18일부터 쓴 거다. 미친 사람처럼 써재꼈다. 정신 말짱한 사람이 어떻게 저리 많은 페이질 써 갈기겠는가. 이것도 병이다.

올해 성과가 좋았던 건 그 어느 때보다 방문객을 제한한 덕분이기도 하다. 하지만 한 번은 속임수에 당했다. 어떤 남자가 런던에서 편지를 보냈는데, 소웨토[25]에서 가르쳤다고 했다. 자기 학생들에게 부카우스키를 좀 읽어줬더니 많은 애들이 깊은 관심을 보였다는 거였다. 아프리카의 흑인 아이들. 그게 난 좋았다. 언제나 난 먼 곳에서 일어나는 일들을 좋아한다. 이 남자는 나중에 다시 편질 보내와 자기가 『가디언』[26] 일을 하고 있으며 내게 들러서 인터뷰를 하고 싶다고 했다. 내 전화번호를 우편으로 보내달라고 부탁하기에 보내줬다. 그가 내게 전활 했다. 괜찮아 보였다. 우린 날짜와 시간을 정했고 그가 출발했다. 약속한 날 밤 예정된 시간이 되자 그가 나타났다. 린다와 난 그에게 포도주를 안겼고, 인터뷰가 시작됐다. 인터뷰는 무난해 보였다. 다만 좀 즉흥적인 게 묘했다. 그가 질문하고 내가 답변을 하면, 해당 질문과 내 답변에 다소간 관련된 자기 경험담을 그가 풀어놓곤 하는 식이었다. 포도주를 계속 부어댔고, 인터뷰는 끝났다. 우린 계속 마셨고 그는 아프리카 등등에 관해 말을 늘어놓았다. 그의 억양이 차츰 바뀌기 시작하더니, 내 생각엔 점점 더 천박해지고 있었다. 그리고 그는 점점 더 멍청해지는 것 같았다. 바로 내 면전에서 그가 변신하고 있었다. 섹스 얘기로 들어간 다음엔 한사코 그 얘기만 했다. 흑인 여잘 좋아한다고 했다. 우린 흑인 여잔 별로 모르지만 린다 친구 중에 멕시코 아가씨가 있다고 내가 말했다. 그게 결정타였다. 자긴 멕시코 아가씰 얼마나 좋아하는지 모른다고 그가 주절대기 시작했다. 이 멕시코 아가씰 꼭 만나야겠다는 거였다. 반드시. 우린 그냥, 글쎄, 잘 모

25) 소웨토(Soweto): 남아프리카공화국 요하네스버그 시 남서쪽의 흑인 거주 구역.
26) 『가디언(*The Guardian*)』: 진보 성향의 영국 일간지.

르겠다고 할 수밖에 없었다. 그는 끝날 줄을 몰랐다. 우리가 마셨던 건 근사한 포도주였지만, 그는 마치 위스키에 뻥 가버린 사람처럼 굴었다. 얼마 못 가 남은 건 그저 "멕시코…멕시코…이 멕시코 아가씬 어딨는데?"뿐이었다. 완전히 떡이 돼버린 거였다. 그는 그저 너절하고 몰지각한 주정뱅이에 지나지 않았다. 밤이 늦었다고 내가 그에게 말했다. 난 다음날 경마장에 가야 했다. 우린 그를 문으로 떠다밀었다. "멕시코…멕시코 아가씨…," 그는 주절댔다.

"인터뷰 기사 한 부를 내게 보내주시오, 알겠소?" 내가 부탁했다.

"물론이죠, 물론," 그가 말했다. "멕시코…."

우린 문을 닫았고 그는 떠나갔다.

그러고서 우린 그를 마음에서 지우려고 술을 마셔야만 했다.

그 일이 있은 지 몇 달 지났다. 인터뷰 기사 따윈 끝내 오지 않았다. 그자는 『가디언』과는 아무 상관도 없었다. 실제로 그가 런던에서 전화를 한 건지도 난 잘 모르겠다. 롱비치에서 전활 했을 수도 있다. 사람들은 내 집에 들어오려고 인터뷰라는 술책을 쓴다. 더구나 인터뷰는 대개 돈을 받지 않고 하므로, 아무나 녹음기와 질문 목록을 준비하고 불쑥 나타나 문을 두드리면 그만이다. 독일어 억양이 있는 어떤 친구가 어느 날 밤 녹음기를 들고 찾아왔다. 발행 부수가 수백만인 독일의 무슨 간행물 관련 일을 한다고 했다. 그는 여러 시간 우리 집에 머물렀다. 그의 질문은 얼떠 보였지만, 난 마음을 열어 활기차고 보람 있는 인터뷰가 되도록 노력했다. 적어도 세 시간 분량을 테이프에 녹음했던 게 분명하다. 우리는 마시고 또 마셨다. 얼마 안 가 그의 머리

"그러곤 배경 스크린, 배경 천,
플래시 등을 들고 조수를 데리고 찾아온다.
그들도 가고 나면 소식이 없다."

가 앞으로 떨어지기 시작했다. 우린 술 승부에서 그를 제치고 나서도 여전히 더 마실 태세가 돼 있었다. 정말 재밌는 밤이었다. 그의 머리가 가슴에 닿을 지경으로 숙여졌다. 입가에선 침이 질질 흘러나왔다. 내가 그를 흔들어 깨웠다. "이봐, 이봐, 일어나!" 그가 정신을 차려 날 쳐다봤다. "할 말이 있는데요," 그가 말했다. "난 인터뷰 기자가 아니거든요. 그냥 선생님을 만나보고 싶었을 뿐이죠."

사진쟁이들의 호구가 된 적도 몇 번 있다. 그들은 알 만한 연줄을 대고 사진 샘플도 보낸다. 그러곤 배경 스크린, 배경 천, 플래시 등을 들고 조수를 데리고 찾아온다. 그들도 가고 나면 소식이 없다. 내 말은, 사진 한 장도 보내주는 법이 없다는 거다. 한 장도. 생거짓말쟁이들이다. "완벽하게 한 질을 보내드리겠습니다," 어느 사내가 말했다. "풀 사이즈 사진을 보내드리죠." "무슨 뜻이오?" 내가 물었다. "세로 7, 가로 4피트 크기 사진을 보내드리겠어요." 그게 몇 년 됐다.

내가 늘 하는 얘기지만, 작가의 일은 글을 쓰는 거다. 이따위 가짜들, 씨방새들 때문에 내가 소모된다면, 그것도 내 잘못이다. 그런 자들과는 이제 다 끝났다. 잡것들, 엘리자베스 테일러한테나 가서 알랑거려보라지.

91년 10월 22일 .... 오후 4시 46분

위험한 인생. 고양이 먹이를 주러 오전 8시에 일어나야 했다. 웨스텍시큐리티 직원이 좀 더 세련된 경보체계 설치 작업을 시작하러 8시 30분에 들르게 돼 있었다. (내가 쓰레기통 위에서 예사로 잠을 자던 그 사람 맞아?)

웨스텍시큐리티는 딱 8시 30분에 도착했다. 좋은 징조다. 난 그 친구에게 집을 이리저리 보여주고 창문이며 문 등을 가리켜 보였다. 알겠습니다, 알겠어요. 전선, 유리 파손 감지기, 로빔, 크로스빔, 스프링클러 등을 적재적소에 설치할 겁니다. 린다가 내려와 몇 가지 질문을 했다. 그런 건 아내가 나보다 낫다.

난 한 가지 생각밖엔 없었다. "얼마나 걸릴까?"

"사흘이면 됩니다," 그가 말했다.

"맙소사," 내가 말했다. (그 사흘 중 이틀은 경마장이 닫는 날이다.)

그래서 우린 좀 얼쩡거리다, 금방 돌아오겠다고 말하곤 그 친굴 혼자 두고 집을 나왔다. 결혼기념일 축하로 누가 준 아이매그닌[27] 백화점 상품권 100달러짜리가 우리에게 있었다. 나는 인세로 받은 수표도 은행에 넣어야 했다. 해서 먼저 은행으로 갔다. 내가 수표에 서명했다.

"싸인이 정말 맘에 들어요," 직원 아가씨가 말했다.

아가씨 또 한 명이 다가와 싸인을 들여다봤다.

"이 사람은 싸인이 계속 바뀐답니다," 린다가 말했다.

"난 내 책에 계속 싸인을 해야 하거든," 내가 말했다.

"작가예요," 린다가 말했다.

"정말요? 뭘 쓰시는데요?" 한 아가씨가 물었다.

"말해줘," 내가 린다에게 말했다.

"시도 쓰고, 단편소설, 장편소설도 써요," 린다가 말했다.

"시나리오도," 내가 말했다. "「술고래[28]」"

"아," 한 아가씨가 웃으며 말했다. "그 영화 봤어요."

"좋았어요?"

"예," 아가씨가 웃었다.

"고맙소," 내가 말했다.

그러고 나서 우린 돌아서서 걸어 나왔다.

"우리가 걸어 들어가는데 한 아가씨가 '저 분 누군지 알아' 하고 말하는 걸 들었어요," 린다가 말했다.

---

27) 아이매그닌(I. Magnin): 백화점 체인. 1990년대 중반에 문을 닫았다.

28) 「술고래(*Barfly*)」: 1987년 개봉작. 부카우스키의 작중 분신인 치내스키 이야기이다. 미키 루크와 페이 더너웨이 주연.

알겠어? 우린 이름이 나 있다고. 우린 아이매그닌 근처에서 뭘 좀 먹을 생각으로 차를 몰고 쇼핑센터로 갔다.

우린 자릴 잡고 앉아 터키 샌드위치, 사과 주스, 카푸치노를 먹고 마셨다. 앉은 자리에서 상가의 상당 부분을 볼 수 있었다. 거긴 거의 비어 있었다. 장사가 신통찮았다. 뭐, 우린 100달러짜리 쿠폰이 있어. 우리가 경제를 돕는 거지.

거기에 남자는 나 혼자였다. 여자들만 혼자 또는 둘씩 탁자에 앉아 있었다. 남자들은 어딘가 다른 곳에 있었다. 난 신경 쓰지 않았다. 여자들과 함께 있으니 안전하다는 기분이 들었다. 난 쉬고 있는 중이었다. 상처가 나아가고 있었다. 그늘이 좀 있으면 좋으련만. 염병, 만날 낭떠러지에서 뛰어내리기만 할 수야 없잖은가. 좀 쉬고 나면 다시 절벽 끝에서 물로 뛰어들 수 있을지도 모르지. 어쩌면.

우린 다 먹고 나서 아이매그닌으로 건너갔다.

난 셔츠가 필요했다. 셔츠를 둘러봤다. 염병할 마땅한 건 한 장도 눈에 띄지 않았다. 셔츠가 죄다 얼빠진 놈들이 디자인한 거 같았다. 난 관두기로 했다. 린다는 지갑이 필요했다. 하나가 눈에 띄었는데, 50퍼센트 할인이라고 표시돼 있었다. 395달러였다. 전혀 395달러짜리로 보이지 않았다. 49.5달러라면 모를까. 린다도 관두기로 했다. 등받이에 코끼리 머리들이 달린 의자 둘이 있었다. 근사했다. 그러나 값이 수천 달러였다. 유리로 만든 새가 눈에 들어왔는데, 근사하고 값도 75달러였지만, 린다는 둘 자리가 없다고 했다. 파란 줄무늬가 있는 물고기도 마찬가지 신세. 난 지치기 시작했다. 물건들을 둘러보는 건 피곤한 일이었다. 백화점은 날 갉아먹고 날 짓밟았다. 그 속엔 아무것도 없었다. 쓰레기 더미뿐이었다. 공짜라고 해도 난 갖고 싶지 않았다. 도대체 맘에 드는 걸 좀 팔면 안 되나?

다른 날 오는 게 나을 거 같다고 우린 결정했다. 책가게로 갔다. 난 컴퓨터 관련 책이 한 권 필요했다. 컴퓨터를 좀 더 알아야 했다. 책 하나가 눈에 띄었다. 점원에게 갔다. 그가 책의 바코드를 찍었다. 난 카드로 계산을 했다. "감사합니다," 그가 말했다. "죄송하지만 여기 싸인 좀 해주실 수 있겠습니까?" 최근에 나온 내 책을 그가 내밀었다. 그래, 난 유명인사였다. 같은 날 두 번씩이나 사람들이 날 알아보다니. 두 번이면 됐다. 세 번 또는 그 이상이면 성가시다. 신들이 굽어살핀 덕분에 그 정도로 끝났으니 딱 좋다. 난 그의 이름을 물어서 적고, 내 이름과 간단한 그림 하날 끼적였다.

집으로 들어가는 길에 컴퓨터 가게에 들렀다. 레이저 프린터 용지가 필요했다. 가게엔 용지가 없었다. 난 점원에게 장난삼아 종주먹을 들이댔다. 그러노라니 옛날 생각이 났다. 점원이 가게 하날 추천했다. 그 가게는 집으로 들어가는 길에 있었다. 온갖 걸 다 팔았는데, 할인 가격이었다. 우린 레이저 프린터 용지를 2년은 족히 쓸 만큼 사고, 우편 봉투, 펜, 클립도 샀다. 자 이제 글만 쓰면 되는 거였다.

우린 집으로 차를 몰았다. 경비회사 직원은 가고 없었다. 타일공이 왔다 간 모양이었다. 그가 쪽지를 남겨두었다, "오후 네 시에 다시 오겠습니다." 오후 네 시에 그 친구가 다시 오지 않으리라는 걸 우린 안다. 그는 좀 또라이였다. 불행한 어린 시절 탓일까, 매우 어리바리한 친구였다. 하지만 타일 다루는 솜씨만큼은 일품이었다.

물건을 위층으로 안아 올렸다. 준비 완료다. 난 유명인사다. 난 작가다.

자리에 앉아 컴퓨터를 켰다. **'멍청이 게임들'** 디렉터리를 열었다. 그러곤 '타오'[29] 게임을 시작했다. 난 그 게임 실력이 점점 늘고 있었다. 컴퓨터 녀석에게 지는 법이 거의 없었다. 경마에서 이기는 것보다 쉽긴 했지만 어쩐지 만족감은 덜했다. 뭐, 수요일이면 경마장에 돌아갈 거였다. 경마 놀음은 나의 풀린 나사를 조여줬다. 내 작전의 일부분이었다. 효과가 있었다. 그리고 내겐 채워야 할 레이저 프린터 용지가 5,000장이나 있었다.

---

29) 타오(Tao): 닌텐도에서 만든 비디오 게임. 방랑하는 구도자인 주인공이 그의 분신인 타오의 도움을 받으며 신화에 나오는 괴물들과 싸우고 세상의 파멸을 막는 등 모험을 이어가는 내용이다.

91년 10월 31일 .... 오전 12시 27분

경마장의 하루가 끔찍했다. 돈을 잃어서 그런 건 아니었다. 몇 푼쯤 땄을지도 모르니까. 하지만 거기 나가 있으려니 기분이 영 참담했다. 신나는 일은 아무것도 없었다. 감방에서 형기를 치르기라도 하는 거 같았는데, 사실 내겐 남은 시간이 얼마 없지 않은가. 꼭 같은 얼굴들, 꼭 같은 공제율 18퍼센트 경주. 때로 난 우리 모두 영화 같은 덫에 빠졌다는 기분이 든다. 우린 대사를 다 알고 어디로 걸어가고 어떻게 행동해야 하는지도 다 안다. 단지 카메라만 없을 뿐이다. 그러나 우린 영화 밖으로 벗어날 길이 없다. 영화 자체도 변변치 않다. 난 발매원 한 사람 한 사람을 아주 잘 안다. 내가 베팅을 할 때면 우린 때로 소소한 대화를 나누기도 한다. 표를 뽑아줄 뿐 아무 말도 하지 않는 무덤덤한 발매원을 찾는 게 난 소원이다. 그런데 그들은 결국 죄다 붙임성 있게 굴기 마련이다. 그들은 따분해한다. 그리고 경계심을 품고 있기도 하다. 경마꾼들 상당수는 좀 제정신이 아니니까. 발매원과 시비가 붙어 요란한 경보가 울리고 보안요원이 달려오기 일쑤다. 발매원은 우리에게 말을 걸어 우릴 탐색한다. 그들은 그러는 게 안전하다고 느낀다. 그들은 우호적인 경마꾼을 선호한다.

내겐 경마꾼이 더 편하다. 늘 오는 작자들은 내가 좀 별종이고 자기네와 말 섞길 원하지 않는다는 걸 안다. 난 언제나 새로운 방식에 따라 경마를 할 뿐더러, 도중에 방식을 바꾸는 일도 흔하다. 난 언제나 현실을 숫자와 맞추려고 애쓴다. 미쳐 돌아가는 현실을 하나의 간단한 숫자 또는 몇 개의 숫자로 환원하려고 애쓴다. 난 삶과 삶에서 일어나는 일들을 이해하고 싶다. 내가 읽은 기사에 따르면, 장기꾼들은 오래전부터 왕 하나, 비숍 하나, 루크 하나면 왕 하나, 나이트[30] 둘과 맞먹는다고 믿어왔다고 한다. 과연 그런지 실험해보려고 로스앨러모스에 있는 6만 5,536개의 프로세서가 달린 기계가 동원됐다. 승부가 판가름 나는 위치에서부터 되짚어 1,000억 가지 수를 다섯 시간 동안 검토한 뒤 컴퓨터는 문제를 풀었다. 왕과 루크와 비숍이 223수만에 왕과 두 기사를 이길 수 있다는 게 판명되었다. 정말 환상적 아닌가? 말에게 돈을 거는 굼뜨고 유치한 놀음보다 분명코 낫지 않은가?

난 내 인생 중 하층 노동자로 일했던 기간이 너무 길다고 생각한다. 쉰 살이 될 때까지 그랬으니까. 저 잡것들이 나를 매일 어딘가로 가서 몇 시간씩이고 있다가 되돌아오는 게 버릇이 되게 길들였다. 난 그냥 빈둥거리고 있으면 죄짓는 느낌이 든다. 그래서 경마장에 가서 지겨워하면서 또 동시에 열광한다. 밤은 컴퓨터 아니면 술, 또는 둘 다를

---

30) 비숍 , 루크, 나이트: 모두 체스(chess) 즉 서양장기 말의 이름이다.

위해 비워둔다. 어떤 독자들은 날 경마에 탐닉하고 내기에 열광하는 열성 도박꾼, 마초 일급 도박꾼이라고 생각한다. 말이나 경마, 경마 관련 이야기 등을 다룬 책들이 우편으로 올 때가 있다. 난 그런 덴 염병할 조금도 관심이 없다. 난 경마장엘 거의 마지못해서 간다. 난 너무 백치 같아서, 달리 갈 만한 곳을 생각해내지 못한다. 낮 동안 대체 어디, 어디를 간단 말인가? 바빌론의 공중정원[31] 같은 데? 영화관? 염병할, 맙소사, 난 부인네들과 어울려 빈둥거리는 건 질색인 데다, 내 나이 또래 남자들은 거의 다 죽었거나, 죽지 않았더라도 꼬락서니가 꼭 죽은 사람 같아서 죽어 마땅한 자들뿐이다.

경마를 멀리하려고 애를 써 본 적이 있지만, 그럴 때면 신경이 곤두서며 우울해지고, 밤에도 컴퓨터에 쏟아 부을 활력이 전혀 남아 있지 않다. 짐작건대, 집 밖으로 나가면 난 인간들을 살펴볼 수밖에 없고, 인간을 살펴보노라면 반응을 보이지 **않을 수 없다**. 너무 힘들고, 끊임없이 이어지는 호러쇼 같다. 그래, 거기 나가 있으면 따분하고, 거기 나가 있으면 두렵지만, 난 또한 아직은 일종의 학생이다. 지옥을 공부하는 학생.

누가 아는가? 머지않은 어느 날 난 병석에 누워 지내는 신세가 될지도 모른다. 누운 채로 난 벽에 붙인 종이에 그림을 그릴 거다. 기다란 붓으로 그림을 그리며 그걸 좋아하게 될 수도 있겠지.

---

31) 공중정원: 기원전 600년쯤 신바빌론 왕국의 왕 네부카드네자르 2세가 바빌론에 조성했다고 전해지는 신화적 정원. 다섯 단의 테라스에 흙을 담아 수목과 화초를 심었으며, 멀리서 보면 마치 공중에 매달려 있는 듯이 보였다고 한다.

하지만 지금 당장은, 경마꾼의 얼굴들, 마분지 같은 얼굴들, 끔찍하고, 사악하고, 무표정하고, 탐욕스럽고, 매일매일 죽어가는 얼굴들이 내 일거리다. 마권을 찢어발기고, 각종 정보지를 읽고, 전광게시판의 바뀌는 내용을 쳐다보며 차츰차츰 마모돼가는 사람들. 그러는 동안 나 또한 그들 중 한 사람으로 그들 사이에 서 있다. 우린 병들었고, 우린 희망에 기생하는 빨판상어다. 우리 옷은 남루하고, 우리 차는 낡았다. 우린 신기루를 향해 나아가면서 너나없이 삶을 허비한다.

91년 11월 3일 .... 오전 12시 48분

경마장에 가지 않고 집에서 지냈다. 목이 따갑고 정수리 약간 오른쪽으로 통증이 있다. 일흔한 살이 되고 보면 머리통이 언제 터져 차 앞 유리를 깨고 나갈지 알 수 없다. 난 아직도 이따금 흠뻑 취하는가 하면 담배도 심하게 너무 많이 피운다. 이 때문에 육신은 내게 성질을 내지만, 정신도 뭘 먹여야 될 거 아닌가. 영혼도 마찬가지고. 술을 마시는 건 정신과 영혼을 먹이는 일이다. 아무튼 난 경마장에 가지 않고 집에 있으면서 12시 20분까지 잤다.

한가한 하루. 무슨 거물급처럼 여유를 부리며 스파에 들어갔다. 태양은 빛나고 물은 부글부글 기포를 올리면서 뜨겁게 맴돌았다. 기분이 편안해졌다. 안 될 게 뭐야? 근사한 기분이 돼보는 거다. 기분이 더 좋아지도록 노력해보자. 세상은 구멍나 찢어지고 있는 똥자루다. 내가 세상을 구하진 못한다. 하지만 내 글 덕분에 자기들이 구원 받았다고 주장하는 사람들의 편지를 난 여러 장 받았다. 그렇지만 그게 내가 글을 쓰는 이유는 아니다. 나는 나 자신을 구제하려고 글을 쓸 뿐이다. 난 늘 국외자였고 늘 겉돌았다. 그 사실을 난 학교에서 알게 됐다. 또 한 가지 내가 알게 된 사실은 내 학습 속도가 매우 더디다는 거였다. 다른 애들은 모르는 게 없었고 난 니미럴 아는 게 없었다. 모든 게 새하얗고 어지러운 빛에 싸여 있었다. 나는 바보였다. 그렇지만 내가 바보였던 시절에도 난 내가 완전한 바보가 아니란 걸 알고 있었다. 난 자신의 어떤 한 구석을 고이 지켜내고 있었다. 거기에 뭔가 있었다. 무슨 상관인가. 난 여기 스파에 몸을 담그고 있고 내 삶은 끝나가고 있다. 개의치 않는다. 그 야단법석 같은 삶을 이미 보지 않았나. 하지만 암흑 속이 되었건 뭐가 되었건 내가 그 속으로 던져질 때까진, 항상 내겐 더 쓸 거리가 있다. 그게 바로 말이 지닌 좋은 점이다. 말은 그저 계속 달려나가면서 사물들을 물색하고 문장을 만들고, 그러면서 즐거운 한때를 연출한다. 난 말들로 가득 찼고, 말들은 여전히 멋진 모습으로 나타났다. 난 행운아였다. 스파 안의 행운아. 목이 따갑고 머릿속은 아팠지만 난 행운아였다. 스파 안에서 사념에 잠긴 늙은 작가. 근사하고, 근사하다. 하지만 지옥은 모습을 드러낼 순간을 기다리며 항상 대기 중이다.

내 늙은 누런색 고양이가 다가와 물속에 있는 날 쳐다봤다. 우린 서로를 쳐다봤다. 우린 각기 모든 걸 다 알면서 또 아무것도 모른다. 그러다 고양이는 자릴 떴다.

시간이 흘러갔다. 린다와 난 어딘가에서 점심을 먹었지만 정확히 어디였는진 기억나지 않는다. 음식은 별로였고 토요일이라 사람들이 넘쳤다. 그들은 살아 있었지만 살았다 할 수 없었다. 식탁과 칸막

"한가한 하루. 무슨 거물급처럼 여유를 부리며 스파에 들어갔다.
태양은 빛나고 물은 부글부글 기포를 올리면서 뜨겁게 맴돌았다.
기분이 편안해졌다. 안 될 게 뭐야?"

이 안에 앉아 먹고 지껄여댔다. 가만, 제길, 그러고 보니 생각나는 게 있다. 저번 날 경마장에 가기 전에 점심을 사먹었다. 카운터에 앉았는데, 식당은 텅 비어 있었다. 주문한 음식이 나와 먹기 시작하는 참이었다. 웬 남자가 들어와 **바로 내 옆에** 자릴 잡았다. 빈자리가 스무 개 또는 스물다섯 개는 됐다. 그 남잔 내 옆자리에 앉았다. 그냥 난 사람들을 그리 좋아하지 않는다. 사람들과 멀리 있으면 멀리 있을수록 기분이 더 좋다. 그 남잔 주문을 한 뒤 웨이트리스에게 지껄이기 시작했다. 프로 풋볼에 관해서. 나도 가끔씩 보긴 하지만 카페에서 그 얘길 지껄여? 그들은 끝없이 이것저것 떠들어댔다. 끝도 없이. 좋아하는 선수가 누군지, 어느 팀이 이겨야 되는지, 등등. 그러다 칸막이 안에 있던 어떤 작자가 끼어들었다. 내 옆의 그 잡것과 내가 팔꿈치를 비비고 있지만 않았어도 그렇게 신경이 쓰이진 않았을 거다. 물론 괜찮은 친구일 수도 있다. 풋볼을 좋아한다지 않는가. 안전하고 미국적인 운동. 하지만 그런 친구가 내 옆에 앉는다는 거, 그건 싫다.

자, 그렇게 해서 우린, 린다와 나는, 점심을 먹은 뒤 밤까지 푹 쉬었다. 그러다 막 어두워졌을 무렵 린다가 무슨 낌새를 알아챘다. 아낸 눈치가 빠르다. 아내가 마당을 통해 돌아오는 것이 보였다. 아내가 말했다, "찰리 영감님이 쓰러지셨어요. 소방서에서 왔어요."

찰리 영감은 우리 집 옆 큰 집에서 사는 아흔여섯 된 노인이다. 그의 아내는 저번 주에 죽었다. 그 부부는 결혼해서 47년을 함께 살았다.

집 앞쪽으로 나가 보니 소방차가 와 있었다. 한 친구가 거기 서 있었다. "난 찰리 영감님 이웃이오. 살아계시오?"

"예," 그가 대답했다.

그들은 구급차를 기다리고 있는 게 분명했다. 소방차가 거기 먼저 도착했던 거였다. 린다와 난 기다렸다. 구급차가 도착했다. 묘한 느낌이 들었다. 몸집이 작은 사내 둘이 차에서 내렸는데 무척 왜소해 보였다. 그들이 나란히 섰다. 소방차를 타고 온 사내 셋이 그들을 에워쌌다. 셋 가운데 한 명이 왜소한 사내들에게 얘길 하기 시작했다. 그들은 거기 선 채로 고개를 끄덕이며 들었다. 조금 뒤 얘기가 끝났다. 그들은 차로 돌아가서 들것을 갖고 왔다. 그리곤 그걸 들고 집으로 이어지는 긴 계단을 올라갔다.

그들은 한참 동안 집안에 있었다. 이윽고 그들이 나왔다. 찰리 영감은 들것에 끈으로 묶어져 있었다. 그들이 찰리를 구급차에 실을 준비를 하는 걸 보며 우린 몇 걸음 앞으로 다가갔다. "찰리, 힘내세요," 내가 말했다. "우리가 영감님 돌아오시길 기다리고 있을게요," 린다가 말했다.

"누구신가?" 찰리가 물었다.

"영감님 이웃이에요," 린다가 답했다.

그러고 나서 그는 차에 실려 떠나갔다. 빨간 차 한 대가 친척 둘을 태우고 뒤따랐다.

이웃 사람 하나가 길 맞은쪽에서 건너왔다. 우린 악수를 했다. 우리는 술자리를 두어 번 같이 한 적이 있다. 그에게 찰리 얘길 해줬다. 친척들이 그를 그처럼 혼자 버려뒀다는 데 모두 분개했다. 하지만 우리가 할 수 있는 건 별로 없었다.

"우리 집 폭포, 꼭 보셔야 합니다," 내 이웃이 말했다.

"그러지요," 내가 말했다. "봅시다."

우리가 그의 집으로 건너가, 그의 아내를 통과하고 그의 아이들을 지나쳐 뒷문으로 나가 수영장을 지나서 뒷마당으로 들어가니, 아니나 다를까 뒤쪽으로 **거대한** 폭포가 나타났다. 폭포는 뒤쪽 절벽 위까지 솟아 있었고, 물의 일부는 나무 둥치에서 흘러나오는 것 같았다. 엄청났다. 게다가 갖가지 색깔의 거대하고 아름다운 돌들로 만들어져 있었다. 폭포 물은 환한 조명 속에 우렁찬 소리를 내며 쏟아져 내렸다. 믿기 어려울 정도였다. 뒤쪽에는 일꾼 한 명이 아직도 작업을 하고 있었다. 아직 완성이 안 된 모양이었다.

난 일꾼과 악수를 했다.

"그 양반이 선생님 책을 죄다 읽었대요," 내 이웃이 말했다.

"에이 무슨," 내가 말했다.

일꾼이 내게 웃음을 지어 보였다.

그러고 우리는 집안으로 돌아갔다. 내 이웃이 내게 물었다, "포도주 한잔 어때요?"

내가 답했다, "고맙지만, 됐소." 그러곤 내 아픈 목과 정수리 통증에 관해 설명해줬다.

린다와 나는 길을 건너 우리 집으로 돌아왔다.

오늘 낮과 밤은 그게 거의 전부였다.

91년 11월 22일 .... 오전 12시 26분

뭐랄까, 내 생애 일흔한 번째 해는 엄청나게 생산적인 한 해였다. 올해만큼 많은 단어를 써재낀 해는 아마도 없었을 거다. 작가는 자기 작품에 관한 한 좋은 심판관이 못 되지만, 그래도 난 내 글이 그 어느 때 못잖게 근사하다고 생각하는 편이다. 내 말은, 내 절정기의 글만큼 근사하다는 거다. 그리 된 데는 정월 18일부터 사용하기 시작한 이 컴퓨터 덕이 크다. 한마디로, 말을 풀어내는 것이 더 쉬워졌으며, 말은 두뇌(또는 말의 원천인 그 어떤 곳)에서 손가락으로 더 신속하게 전달되고, 손가락에서 화면으로 전달되어 즉각 눈으로 볼 수 있다—선명하고 또렷하게. 속도 자체와 관련된 문제라기보다, 글의 흐름, 글의 강물과 관련된 문제다. 흘러나오는 말들이 근사하다면 막힘없이 흘러가도록 내버려둬야 한다. 먹지 사본도 없고 다시 타자하는 일도 없다. 난 하룻밤은 글 쓰는 데 쓰고 그다음 날 밤은 전날 밤의 오류와 비문을 바로잡는 데 쓰곤 했다. 잘못된 철자나 시제상의 잘못 등을, 전부 다시 타자하든가 손으로 써넣거나 지우지 않고, 이

제 모두 원본을 놓고 수정할 수 있다. 두서없는 원고를 읽고 싶어 하는 사람은 아무도 없다. 작가조차도 마찬가지다. 이 모든 게 까다롭고 너무 조심스러워 보일 게 틀림없다는 건 나도 알지만, 사실은 그게 아니다. 이 모든 건 작가가 빚어내는 호소력 있는 표현이나 절묘한 표현을 남김없이 뚜렷하게 나타나도록 해주기 위해서다. 사실 이게 다 최선을 다하자는 것이고, 만약 이 때문에 영혼을 잃어야 한다면 난 그럴 각오가 다 돼 있다.

나쁜 일도 몇 차례 일어났다. 어느 날 밤 네 시간은 족히 입력을 했기에 놀랍도록 글쓰기 운이 좋은 날이라는 기분이 드는 참이었다. 그때 내가 무슨 키 하나를 눌렀는데, 푸른 섬광이 번쩍하더니 써 놓은 글 여러 페이지가 사라져버리는 거였다. 글을 되살리려고 갖은 짓을 다 해봤다. 하지만 사라진 글은 한마디로 끝이었다. '모두 저장'으로 설정해둔 것도 소용없었다. 이런 일이 전에도 몇 번 일어났지만 그렇게 여러 페이지를 날린 건 처음이었다. 단언컨대, 글이 여러 페이지씩 날아가버릴 때 기분은 지옥 중의 지옥에 떨어진 것처럼 끔찍하다. 지금 생각해보니 소설 서너 페이지를 날린 적도 몇 번 있다. 한 챕터가 통째 날아간 거다. 그때 난 그냥 염병할 날린 부분 전체를 다시 썼다. 그러다 보면, 몇몇 소소하지만 흥미로운 구절들을 되돌리지 못한다든가 하여 뭔가 잃게 되는가 하면, 다시 쓰는 동안 마음에 들지 않는 대목은 빼고 더 나은 대목을 보충할 수 있기 때문에 무언가 얻게 되기도 한다. 그렇게 되면? 뭐, 그땐 밤샘 작업이다. 식구들도 잠을 못 잔다. 아내와 고양이들은 내가 돌았다고 생각한다.

몇몇 컴퓨터 전문가에게 그 '푸른 섬광'에 관해 자문을 구했지만 어느 한 사람도 이렇다 할 답변을 못했다. 컴퓨터 전문가라는 자들이 대개는 별로 전문가가 못 된다는 걸 난 알았다. 책에는 절대 나오지 않는 당황스러운 일이 일어난다. 이제 난 컴퓨터에 관해 아는 게 좀 더 많아졌으므로, '푸른 섬광'으로 잃은 글을 되찾을 수 있었을 법한 방법 하나를 알 듯하다….

최악의 밤은 따로 있었다. 컴퓨터를 켜고 앉자마자 이 녀석이 완전히 맛이 가서 먹통이 되더니, 요상한 소릴 내면서 모니터가 칠흑처럼 깜깜해져버리는데, 갖은 수를 써봐도 아무 소용이 없었다. 그때, 무슨 액체 같은 것이 모니터 표면과 '두뇌' 근처의 슬롯, 그러니까 디스크를 삽입하는 슬롯 주위에 말라붙어 있는 게 눈에 띄었다. 내 고양이 중 한 마리가 기계에 대고 오줌을 뿜어댄 거였다.[32] 난 컴퓨터를 가게로 가져갈 수밖에 없었다. 기사가 출타 중이라 판매원이 '두뇌'의 일부분을 분리하는데 누런 액체가 그의 하얀 셔츠에 튀었다. "고양이 오줌!"하고 그가 부르짖었다. 에그, 불쌍하고 불쌍한 양반. 암튼 난 컴퓨터를 맡겨두었다. 고양이가 뿜은 오줌은 제품보증 항목에 들어 있지 않았다. '두뇌' 속을 그야말로 다 들어낼 수밖에 없었다. 수리에 여드레가 걸렸다. 그동안 난 타자기로 되돌아갔다. 마치 두 손으로 바위를 깨려 덤비는 것 같았다. 타자를 전부 새로 배워야만 했다. 타자의 흐름을 타기 위해선 잔뜩 술에 취해야 했다. 하룻밤은 쓰고 또 하룻밤은

32) 고양이는 오줌을 뿜어서 제 영역을 표시한다.

다듬는 짓을 또다시 할 수밖에 없었다. 그래도 타자기가 있어서 다행이었다. 우리가 함께 지낸 세월이 어언 50년, 좋은 시절도 적지 않았다. 컴퓨터를 찾아왔기에 낡은 타자기를 구석의 원래 자리로 되돌려 놓으려니 뭔가 슬픈 마음이 들었다. 하지만 난 컴퓨터에게 돌아갔고, 말들은 미쳐 날뛰는 새들처럼 막 날아 나왔다. 푸른 섬광도 없었고 몇 페이지씩 글이 사라지는 일도 없었다. 상태는 더 좋아졌다. 기계에 오줌을 뿜어댄 고양이 덕분에 문제가 싹 해결된 거였다. 다만, 이제 컴퓨터에서 일어날 때면 난 녀석을 커다란 목욕수건으로 덮고 문도 닫는다.

그래, 올핸 내 생애 중 가장 생산적인 한 해였다. 포도주는 제대로 나이 들면 더 좋은 맛이 난다.

난 그 어느 누구와 시합을 벌이고 있는 것도 아니고, 불멸의 명성을 마음에 두고 있는 것도 아니다. 그따윈 전혀 관심 없다. 중요한 건 살아 있는 동안의 **행동**이다. 햇빛을 향해 활짝 문이 열리면서 말들이 빛 속으로 뛰어들고, 작은 몸집에 환한 비단옷이 멋들어진 기수들이 모두 한판 승부를 벌인다. 영광은 활기차게 덤벼드는 자의 것이다. 죽음 따윈 엿이나 먹어라. 오늘, 또 오늘, 그리고 또 오늘[33]이다. 그렇고말고.

---

33) 오늘, 또 오늘, 그리고 또 오늘: 셰익스피어의 『맥베스』에 나오는 맥베스의 유명한 독백 중 "내일, 또 내일, 그리고 또 내일이/ 기록된 시간의 마지막 음절까지/ 하루 또 하루 이렇게 살금살금 기어가누나"를 비튼 것.

91년 12월 9일 .... 오전 1시 18분

조수는 썰물이다. 5분째 앉아서 종이 클립을 노려보고 있다. 어제 저녁 어둑어둑해질 무렵 프리웨이를 타고 집으로 돌아오던 중이었다. 옅은 안개가 끼어 있었다. 크리스마스가 작살처럼 다가오고 있었다. 난 불현듯 길에 차가 거의 없다는 걸 깨달았다. 그때 자동차 그릴 조각에 붙은 커다란 범퍼 하나가 길에 놓여 있는 게 눈에 들어왔다. 제때 그걸 피하곤 오른쪽을 쳐다봤다. 연쇄 충돌을 한 네다섯 대의 차가 엉겨 있었지만 소리도 움직임도 없었고, 주위엔 사람도 없고 불도 연기도 헤드라이트도 없었다. 차 안에 사람이 있는지 알아보기엔 내가 너무 빠른 속도로 달려가는 중이었다. 그러다 금방 저녁은 밤이 됐다. 때론 아무런 경고도 없다. 몇 초 사이에 일이 벌어진다. 모든 게 달라진다. 누군 산다. 누군 죽는다. 세상만사는 계속된다.

우린 종잇장처럼 얇다. 우린 갖가지 확률 속에서 운에 따라, 잠정적으로, 살아나간다. 시간적 요소, 그게 삶에서 가장 좋은 부분이자 가장 나쁜 부분이다. 시간은 우리가 어쩌볼 수 없다. 산꼭대기에 앉아 수십 년 명상을 한들 그 사실을 바꿀 순 없다. 그냥 받아들이는 쪽으로 우리 마음을 바꿀 수도 있겠지만, 그거 또한 잘못된 선택일 수 있다. 어쩜 우린 너무 많은 생각을 하는 것일지도 모른다. 덜 생각하고 더 많이 느껴라.

충돌한 차들이 죄다 잿빛으로 보였다. 묘하다.

철학자들이 이전의 개념과 이론을 해체하는 방식을 난 좋아한다. 그 해체 작업은 수세기에 걸쳐 이어져 왔다. 아니, 그런 식이 아니야, 이런 식이지, 라고 철학자들은 말한다. 그렇게 계속 이어져나가는데, 이 이어져나감이 매우 사리에 맞아 보인다. 철학자들의 주요 과제는 자신들의 언어를 인간화하는 것, 그걸 좀 더 이해하기 쉽게 만드는 거다. 그리 되면 생각은 더 환한 빛을 내면서 더 흥미로워진다. 내 생각엔 바로 이걸 철학자들이 배워나가는 것 같다. 단순성이 핵심이다.

글을 쓸 땐 미끄러져나가는 기분으로 써야 한다. 말들은 절뚝거리고 고르지 못할 수도 있지만, 미끄러져나가기만 한다면 문득 그 어떤 즐거움이 모든 걸 환히 비추게 된다. 조심조심 글을 쓰는 건 죽음과 같은 글쓰기다.

셔우드 앤더슨[34]은 말을 공깃돌이나 음식 조각처럼 갖고 노는 데 극히 능했다. 그는 말들을 종이 위에 **칠했다**. 그런데 그 말들이 너무도 단순해서 독자는 빛이 쏟아져 들어오고 문들이 열리고 벽이 반짝

34) 셔우드 앤더슨(Sherwood Anderson, 1876~1941): 미국의 소설가. 단편소설이 특히 뛰어나다. 헤밍웨이, 포크너, 토머스 울프, 존 스타인벡, 윌리엄 사로얀 등 다음 세대의 작가들에게 많은 영향을 준 것으로 평가된다.

이는 걸 느낄 수 있을 정도다. 양탄자며 신발, 손가락이 눈에 보이는 듯하다. 앤더슨은 말들을 마음대로 다뤘다. 즐거운 말들을. 하지만 그것들은 또한 총탄과도 같다. 말들이 곧바로 독자를 죽일 수도 있다. 셔우드 앤더슨은 뭔가를 알고 있었다. 본능적으로. 헤밍웨이는 지나치게 애를 썼다. 애쓴 흔적이 그의 글에서 느껴진다. 그의 글은 딱딱한 덩어리들을 한데 붙여놓은 것 같다. 그런데 앤더슨은 뭔가 심각한 얘길 하면서도 웃을 줄 알았다. 헤밍웨이는 웃는 법을 몰랐다. 새벽 여섯 시에 서서 글을 쓰는 사람에게 무슨 유머 감각을 기대하겠는가. 그런 사람은 뭔가를 꺾어 이기고 싶어 한다.

오늘밤은 지쳤다. 염병, 잠을 넉넉히 못 잔다. 정오까지 자고 싶지만, 열두 시 반에 시작되는 첫 경주에 맞추려면, 운전 시간과 경주마들 기록을 챙기는 시간까지 감안해서 집에서 열한 시쯤, 우편집배원이 오기 전에 떠나야 한다. 게다가 난 밤 두 시 무렵 전에 자는 일이 별로 없다. 오줌이 마려워 두어 번 일어난다. 새벽 여섯 시 정각이면, 매일같이, 고양이 한 녀석이 밖으로 나가야 한다고 꼭 날 깨운다. 열 시도 안 돼 애인 구하는 전화가 걸려오기도 한다. 난 전활 받지 않지만 전화기는 메시지를 녹음한다. 내 말은, 잠이 엉망이 돼버린다는 거다. 하지만 이 정도로 불평거리가 끝난다면 훌륭한 편이다.

내일부터 이틀은 경마가 없다. 내일 정오까지 자고 나면 난 발전소처럼 힘이 넘치고 십 년은 젊어질 거다. 염병할, 웃자고 하는 소리다. 십 년 젊어져봐야 예순하난데, 그게 뭐 대수냐? 차라리 울자, 울어.

밤 한 시다. 이제 그만 하고 좀 자는 게 좋겠다.

92년 1월 18일 .... 오후 11시 59분

음, 소설과 시와 경마 사이를 오락가락하면서 난 여전히 살아 있다. 경마장엔 이렇다 할 일이 없고, 난 거기 그저 인간들 틈바구니에 끼여 있을 뿐이다. 거길 가고 오려면 프리웨이를 타야 한다. 프리웨이는 대부분의 인간들이 어떤지를 항상 일깨워준다. 우린 경쟁사회에서 살고 있다. 내가 이기려면 남이 지길 바랄 수밖에 없다. 그건 천성 같은 것이고 프리웨이에서 크게 발동한다. 느린 운전자는 가로막으려들고 빠른 운전자는 추월하려든다. 난 70마일을 유지하기 때문에 때론 추월하고 때론 추월당한다. 빠른 운전자들은 신경 쓰이지 않는다. 추월하도록 비켜주면 그만이다. 짜증 나는 건 고속차로에서 55마일로 가는 느린 운전자들이다. 때로는 이들 탓에 진로 방해를 당하기도 한다. 그럴 땐 앞차 운전자의 머리와 목이 제대로 보여서 그의 속을 읽을 수 있을 정도다. 읽어보니 이 작잔 영혼이 취침 중일 뿐더러, 또 그 영혼이란 것은 증오로 가득하고 막되고 잔인하고 멍청하다.

이때 난 어떤 목소리가 내게 말하는 게 들린다. "그런 생각을 하다니 너야말로 멍청하구먼. 멍청한 건 너야."

사회에서 수준 이하인 것들을 비호하는 자들은 늘 있기 마련이다. 그자들은 수준 이하가 수준 이하라는 걸 모르니까. 그걸 모르는 건 그들 역시 수준 이하이기 때문이다. 우린 수준 이하의 사회에서 살고 있고, 그래서 저들은 저런 식으로 행동하고 또 저런 짓거리를 주고받는다. 하지만 그건 그들 일이니 난 신경 안 쓴다. 다만 내가 그들과 함께 살아야 한다는 게 문제일 뿐.

언젠가 한 패거리의 사람들과 함께 저녁을 먹던 게 기억난다. 옆 식탁에 또 한 패거리가 자릴 잡고 있었다. 그들은 큰 소리로 떠들며 계속 웃어댔다. 그러나 그들의 웃음은 철저하게 가식적이고 부자연스러웠다. 그런 식으로 끝없이 이어졌다.

결국 내가 우리 식탁 사람들에게 말했다, "이거 좀 고약한데, 안 그렇소?"

우리 식탁 사람들 중 한 명이 나를 보고 상냥한 웃음을 지으며 말했다, "전 사람들이 행복해하는 걸 보면 기뻐요."

난 반응을 보이지 않았다. 하지만 뱃속에 어둡고 시커먼 우물 같은 구멍이 뚫리는 기분이었다. 음, 염병할.

프리웨이에서 사람들 속이 읽힌다. 식탁에서도 사람들 속이 읽힌다. 티브이에 나오는 사람들 속도 읽힌다. 슈퍼마켓 등등에서도 사람들 속이 읽힌다. 꼭 같은 속 읽기다. 난 어째야 할까? 더킹으로 피한 뒤 홀딩으로 버텨보는 거지 뭐. 술을 또 한 잔 따르든지. 나도 사람들이 행복한 걸 보면 기쁘다. 다만 그런 사람을 별로 보질 못했다.

자 그래서 난 오늘 경마장에 가서 자릴 잡았다. 빨간 캡을 뒤로 돌려 쓴 사내 하나가 거기 있었다. 경마장에서 거저 주는 모자였다. 거저 주는 날. 그는 경마정보지와 하모니카를 갖고 있었다. 그가 하모니카를 집어서 불기 시작했다. 잘 불 줄 몰랐다. 마구잡이로 불어댔다. 쇤베르크의 12음계도 아니었다. 2음계 또는 3음계였다. 그는 숨이 가쁜지 경마정보지를 집었다.

내 앞에는 사내 세 명이 앉아 있었는데, 그들은 일주일 내내 같은 자리였다. 예순쯤 되고 늘 고동색 옷과 고동색 모자를 쓰는 사내 하나. 그 옆엔 또 한 명의 늙은 사내가 앉았는데 예순다섯쯤 됐고 눈처럼 새하얀 머리에 목은 구부정하고 새우등이다. 또 그 옆엔 담배를 계속 피워대는 마흔댓쯤 된 동양인이 앉았다. 매 경기에 앞서 그들은 어느 말에 걸지 의논을 했다. 이 양반들은 경이로운 내기꾼들로, 내가 앞에서 얘기한 그 또라이 고함쟁이와 같은 부류였다. 왠지 들어보라. 내가 그들 뒤에 앉은 지 이제 두 주가 됐다. 그런데 그들 중 누구도 우승마를 찍은 적이 없다. 게다가 그들은 승률이 높은 말에 걸었다. 내 말은, 그들이 2 대 1에서 7 또는 8 대 1 사이 승률에 걸었다는 거다. 마흔다섯 번 정도의 경주에서 세 사람이 말 하나씩을 골랐으니까, 백서른다섯 개의 선택 중 한 번도 못 이겼단 뜻이다. 이건 통계상으로 정말 경이로운 일이다. 생각해보라. 예컨대 그들 각자가 그냥 1이나 2나 3 같은 번호 하날 찍은 다음 그 번호에 계속 걸었다면 자동적으로 한 번은 승리마를 찍게 돼 있다. 하지만 그들은 이 번호 저 번호 바꿔가며 찍는 바람에, 머리를 쥐어짜고 갖은 요령을 부리고서도 계속 놓치기만 하는 데 성공했던 거다. 그들은 왜 경마장에 오는 걸까. 자신들의 어벙함이 창피하지도 않을까? 그렇지 않다. 언제나 다음 경주가 기다리고 있으니까. 언젠가 그들도 적중할 거다. 크게.

경마장을 떠나 프리웨이를 타고 집으로 돌아온 내게 이 컴퓨터가 어째서 이리 근사해 뵈는지 이제 알겠는가? 말을 써넣을 수 있는 깨끗한 화면. 아내와 아홉 마리 고양이는 세상에 없는 천재 같다. 사실이 그렇다.

92년 2월 8일 .... 오전 1시 16분

작가들은 글을 쓰지 않을 땐 뭘 할까? 나야 뭐 경마장엘 간다. 젊은 시절엔 쫄쫄 굶든가 아니면 창자가 꼬이는 일에 매달렸다.

난 지금은 작가들—또는 자칭 작가들—을 멀리한다. 그러나 내가 한곳에 눌러앉아 그냥 죽기 살기로 글을 쓰자고 작정했던 1970년에서 1975년까지는 작가들이 내게 들르기도 했는데, 전부 시인들이었다. **시인들**. 난 그때 한 가지 희한한 사실을 알게 됐다. 그들 중 어느 누구도 이렇다 할 생계 수단이 없었다. 그들이 책을 내면 팔리질 않았다. 시 낭송회를 하면 참석자라곤 가령 넷에서 열넷 사이의 다른 **시인들**이 고작이었다. 그런데도 그들은 모두 상당히 근사한 아파트에 살았고, 내 카우치에 앉아 내 맥주를 마셔댈 시간도 풍족한 것 같았다. 난 사람들 사이에서 난잡한 인물로 호가 나 있었다. 내가 여는 파티에선 입에 올릴 수 없는 일들이 벌어지고 맛이 간 여자들이 춤을 추며 물건을 부숴댔다거나, 내가 사람들을 문간 밖으로 내던졌다거나, 또는 경찰이 급습을 했다거나, 뭐 그런 식이었다. 이런 얘긴 얼추 사실이었다. 하지만 그 와중에도 난 집세와 술값을 마련하려고 출판업자와 잡지사에 넘겨줄 글을 써야만 했는데, 그러려면 산문을 써야 했다. 하지만 이…시인들은…오로지 시만 썼다…내 생각에 그들의 시는 얄팍하고 가식 덩어리였지만…그들은 그런 시를 계속 써댔을 뿐더러 옷차림도 제법 근사했고 영양 상태도 좋아 보였으며, 카우치에 앉아 지껄여댈—자신들의 시와 자신들에 관해 지껄여댈—시간도 널널했다. 내가 종종 물어봤다, "이봐, 말 좀 해봐. 어떻게들 꾸려나가는 거야?" 그들은 그냥 거기 앉아 내게 웃음을 보내고 내 맥주를 마시며, 맛이 간 내 여자들 몇몇이 나타나길 기다릴 뿐이었다. 자기네도 어쩌다 보면 한 가닥을—섹스와 존경과 로맨스와 염병할 그 뭔가를—건지게 되리라 기대하면서.

이 보들보들한 빈대들을 처분해야겠다는 생각이 내 마음속에 분명해지기 시작했다. 그리고 점차로, 그들의 비밀을, 하나하나, 난 알게 되었다. 대개는 그들 뒤에 **어머니**가 꼭꼭 숨어 있었다. 어머니가 집세며 식비, 옷값을 대줘가며 이 천재들을 보살핀 거였다.

언젠가 드물게 내 집이 아닌 어느 **시인**의 아파트에 앉아 있던 기억이 난다. 꽤나 지루했고 술도 없었다. 그 시인은 자리에 앉아 자기 이름이 좀 더 널리 알려지지 않는 게 정말 억울하다는 이야길 늘어놓고 있었다. 편집자를 비롯한 온갖 사람들이 자기를 적으로 삼아 음모를 꾸미고 있다는 거였다. 그가 손가락으로 날 가리키며 말했다, "너도 마찬가지야. 마틴에게 내 작품을 출판하지 말라고 했다며!" 그건 사실이 아니었다. 이어서 그는 다른 뭔가에 관해 투덜대고 주절대기 시작했다. 그때 전화벨이 울렸다. 그가 수화기를 들더니 매우 조심스럽고 차분하게 통화를 했다. 전화를 끊곤 내 쪽을 쳐다봤다.

"어머니야. 오늘 오신다는군. 넌 가야 돼!"

"괜찮아. 네 어머닐 뵙고 싶어."

"안 돼! 안 된다고! 우리 어머니 끔찍해! 가야 돼! 지금! 급해!"

난 엘리베이터를 타고 내려와 밖으로 나갔다. 그리곤 그 친굴 지워버렸다.

또 한 명이 있었다. 그의 어머니가 식비, 자동차 값, 보험료, 집세 등을 대주고, 심지어는 시까지도 일부 대신 써줬다. 믿기 어려웠다. 수십 년 간 지속돼온 일이었다.

또 다른 친구가 있었는데, 이 친군 늘 매우 차분하고 영양 상태도 좋아 보였다. 그는 일요일 오후마다 교회에서 시 강좌를 했다. 아파트도 근사했다. 공산당 당원이기도 했다. 그를 프레드라고 부르기로 하자. 그의 시 강좌에 나오고 그를 매우 좋아하는 어느 노부인에게 내가 물었다. "그런데, 프레드는 어떻게 꾸려나가지요?" "아," 그 노부인이 말했다. "그 일이라면 프레드는 공개되는 걸 매우 꺼려서 누구에게도 알리고 싶어 하지 않지만, 식당 트럭 청소하는 걸로 돈을 벌지."

"식당 트럭요?"

"그래. 그 왜 휴식시간이나 점심시간이면 직장 근처에서 커피며 샌드위치를 파는 트럭 있잖아. 글쎄, 프레드는 그 식당 트럭 청소를 해."

두어 해 지난 뒤, 프레드가 아파트도 두어 채 지녔고 주로 집세를 받아 산다는 사실이 드러났다. 이걸 알고 나서 난 어느 날 밤 술에 잔

"그가 손가락으로 날 가리키며 말했다, '너도 마찬가지야.
마틴에게 내 작품을 출판하지 말라고 했다며!' 그건 사실이 아니었다.
이어서 그는 다른 뭔가에 관해 투덜대고 주절대기 시작했다."

뜩 취해 프레드의 아파트로 차를 몰고 갔다. 아파트는 작은 극장 위층에 있었다. 퍽이나 예술 티를 낸 건물이었다. 난 차에서 펄쩍 내려 초인종을 울렸다. 프레드는 답을 하려 들지 않았다. 그가 저 위 집안에 있다는 걸 난 알고 있었다. 커튼 뒤로 그의 그림자가 움직이는 걸 봤으니까. 차로 돌아가 경적을 울려대며 고함쳤다, "야, 프레드, 이리 나와!" 맥주병 하나를 그의 창문에 던졌다. 병이 창에 맞아 튕겨 나왔다. 그제서야 그가 반응을 보였다. 그가 작은 발코니로 나와 날 빤히 내려다봤다. "부카우스키, 그냥 가!"

"프레드, 이리 내려와. 엉덩일 걷어차줄 테다, 이 공산주의자 지주 놈아!"

그가 집안으로 달려 들어갔다. 난 그 자리에 서서 그를 기다렸다. 아무 반응도 없었다. 그때, 그가 경찰을 부르고 있구나 하는 생각이 들었다. 경찰이라면 볼 만큼 봤다. 난 차에 올라 집으로 돌아왔다.

또 한 명의 시인은 해변의 집에 살았다. 근사한 집이었다. 그는 직업을 가진 적이 없었다. 난 그에게 집요하게 물었다, "어떻게 꾸려가? 어떻게 꾸려가는 거야?" 결국 그가 항복했다. "부모님에게 부동산이 있는데, 임대료를 받는 게 내 일이야. 부모님이 급료를 주셔." 급료 한번 엄청났겠군, 하고 난 상상해본다. 아무튼 그는 적어도 내게 말을 해줬다.

어떤 작자들은 결코 말을 해주지 않는다. 또 한 사내가 있었다. 쓰는 시는 그럴싸했지만 아주 과작이었다. 언제나 근사한 아파트에서 살았다. 하와이 같은 데로 여행을 가곤 했다. 그 부류 가운데 가장 느긋한 친구였다. 늘 새 옷을 산뜻하게 다려 입고 새 구두를 신었다. 면도나 이발도 항상 말쑥하게 했고 이빨은 하얗게 반짝거렸다. "자, 말해봐, 어떻게 꾸려가는 거야?" 그는 결코 털어놓지 않았다. 웃지도 않았다. 그냥 말없이 서 있을 따름이었다.

빌붙는 걸로 살아가는 유형도 있다. 그들 중 한 명에 관해 시를 한 편 쓴 적이 있지만, 그 친구가 안됐단 생각이 결국 들고 말았기 때문에 그 시를 내돌리진 않았다. 그 시의 일부를 재즈 즉흥연주 하듯 뭉뚱그려보면 이렇다.

머리칼을 늘어뜨린 잭, 돈을 내놓으라는 잭, 배짱 두둑한 잭, 목소리 우렁우렁한 잭, 못하는 게 없는 잭, 여자들 앞에선 기가 사는 잭, 자신이 천재인 줄 아는 잭, 토악질하는 잭, 운 좋은 자들을 헐뜯는 잭, 점점 늙어가는 잭, 아직도 돈을 요구하는 잭, 콩줄기 타고 내려오는 잭,[35] *말만 하고 실행을 않는 잭, 사람을 죽여도 멀쩡할 잭, 잭질을 하는 잭, 옛날 일을 지껄이는 잭, 지껄이고 또 지껄이는 잭, 손을 벌리는 잭, 약자들을 위협하는 잭, 적개심에 찬 잭, 커피숍에 앉은 잭, 자기 능력을 알아봐달라 절규하는 잭, 직업을 결코 가져본 적 없는 잭, 제 능력을 철저히 과대평가하는 잭, 자기 재능을 알아주지 않는다고 끝없이 절규하는 잭, 다른 사람들 모두를 탓하는 잭.*

35) 영국 민화『잭과 콩줄기』에서 잭은 콩줄기를 타고 하늘나라로 올라가 거인의 보물을 훔쳐 내려온다.

잭이 누군지 그대는 안다, 어제 그를 보았고, 내일 또 볼 거고, 다음 주에도 볼 테니까.

노력하진 않고 바라기만 한다, 공짜로 바라기만 한다.

명성을 바라고, 여자를 바라고, 모든 걸 바란다.

세상은 콩줄기 타고 내려오는 잭으로 넘친다.

이제 시인들 얘길 쓰는 게 지겹다. 하지만 한마디 덧붙이자면, 그들은 달리 살지 않고 굳이 시인으로 사느라 제 자신을 망치고 있다. 난 쉰 살까지 일반 노동자로 일했다. 사람들 틈바구니에 끼여서 살았다. 시인이랍시고 내세워본 적도 전혀 없다. 먹고살려고 일을 하는 게 대단한 것이라고 주장하려는 건 아니다. 그건 대체로 끔찍하다. 게다가 끔찍한 일자리 하나를 지키려고 싸우는 건 다반사다. 그 일자릴 빼앗을 태세로 스물다섯 명의 사내가 뒤에서 대기 중이니까. 물론 그건 무의미하고, 물론 그건 사람의 진을 뺀다. 하지만 내가 글을 쓸 때 허튼 수작을 내려놓을 줄 아는 건 그 난장을 겪은 덕이라고 난 생각한다. 이따금 얼굴을 진흙탕에 처박을 필요가 있고, 감옥이 뭔지 병원이 뭔지도 알 필요가 있다고 생각한다. 사나흘씩 먹지 못하고 지내는 게 어떤 느낌인지도 알 필요가 있다고 생각한다. 제정신 아닌 여자들과 같이 사는 건 척추에 좋다고 생각한다. 조임틀에 끼였다 풀려나면 기쁘고 홀가분한 마음으로 글을 쓸 수 있다고 생각한다. 내가 이런 얘길 하는 건 오로지 내가 겪어본 시인들이 하나같이 흐물흐물한 해파리, 아첨꾼이었기 때문이다. 그자들은 자신의 이기적인 참을성 없음 말곤 쓸거리가 전혀 없다.

그렇다, 난 **시인들**을 멀리한다. 내 잘못인가?

92년 3월 16일 ········ 오전 12시 53분

그런 느낌이 왜 드는지 난 모른다. 과거의 작가들에 관한 어떤 느낌, 그 느낌이 그냥 들 뿐이다. 게다가 내 느낌이란 정확한 것도 아니고 그저 나만 느끼는 것, 거의 전적으로 상상의 산물일 뿐이다. 예컨대 난 셔우드 앤더슨이 작은 몸집에 어깨가 약간 구부러졌다고 생각한다. 실제로 그는 자세가 곧고 키가 컸을 수도 있다. 상관없다. 내겐 그가 그런 식으로 보이니까. (난 그의 사진을 본 적이 없다.) 도스토옙스키는 좀 육중한 몸집에 짙은 녹색의 이글거리는 눈을 가진 턱수염을 기른 친구로 보인다. 처음엔 너무 육중해 보였고, 그다음에 너무 말라 보이더니, 또 그다음엔 다시 너무 육중해 보였다. 분명 헛소리지만, 난 내 헛소리가 좋다. 도스토옙스키는 어린 여자애를 갈망했던 친구로 보이기도 한다. 포크너는 좀 흐릿하게 떠오르지만 괴짜 같고 입냄새가 나는 친구로 보인다. 고리키는 표 안 내는 술꾼으로 보인다. 톨스토이는 아무것도 아닌 일에 불같이 화를 냈던 사람 같다. 헤밍웨이는 문 닫아걸고 발레 연습을 했던 친구로 보인다. 셀린[36]은 수면장

애가 있었던 친구로 보인다. 커밍스[37]는 당구 실력이 대단했던 사람으로 보인다. 끝도 없이 난 계속할 수 있다.

내게 이런 환상이 보였던 건 주로, 굶주리는 작가로서 반쯤 미쳐 사회에 적응할 수 없었던 시절의 일이다. 먹을 것은 별로 없었지만 시간은 아주 많았던 때였다. 어떤 작가가 됐든 작가는 내게 마법 같은 존재였다. 작가들이란 문을 여는 법도 달랐다. 그들은 잠에서 깨자마자 독한 술을 마셔야 했다. 그들에게 삶이란 염병할 견디기 힘든 것이었다. 하루하루가 젖은 콘크리트 속을 걷는 것 같던 시절이었다. 난 작가들을 영웅으로 삼았다. 그들 덕에 연명했다. 그들에 관한 상상이 무명의 나를 지탱해주었다. 그들에 관해 생각하는 게 그들 작품을 읽는 것보다 훨씬 나았다. 예컨대 D. H. 로런스. 참으로 앙증맞은 사내였다. 그는 너무 많이 알아서 한마디로 언제나 심통이 나 있었다. 사랑스럽고 또 사랑스러웠다. 그리고 올더스 헉슬리…남아도는 두뇌 용량. 그는 너무 많이 알아서 두통에 시달렸다.

난 배를 주린 채 큰대자로 침대에 누워 이런 친구들을 생각했다.

문학은 너무도…낭만적이었다. 맞아, 너무도.

그런데 작곡가와 화가도 멋들어지긴 마찬가진 게, 그들 역시 한결

---

36) 셀린(Louis-Ferdinand Celine, 1894~1961): 프랑스의 소설가 · 의사. 개성적인 문체 등으로 20세기 프랑스 문학의 혁신자 중 하나가 되었고, 사르트르, 베케트, 장주네 같은 작가들에게 영향을 주었다.

37) 커밍스(e.e. cummings, 1894~1962): 미국의 시인 · 화가 · 소설가. 시각에 호소하는 실험적 시로도 유명하다. 그런 시에서 흔히 보이는 표기 방식처럼 그의 이름을 소문자로만 쓰는 경우가 많다.

같이 돌아버리거나 자살을 하거나 괴상하고 고약한 짓을 벌여댔다. 자살은 정말 멋진 생각 같았다. 나 자신도 자살을 시도한 적이 몇 번 있는데, 결국 실패하긴 했지만 거의 성공할 뻔했다. 몇 차례는 작심하고 덤벼들었다. 이제 난 거의 일흔두 살이 됐다. 내 영웅들은 오래전에 떠나버리고, 난 다른 인물들과 더불어 살아가야만 했다. 새로 출현한 작가들 몇몇, 새로 명성을 얻는 몇몇. 그들은 내게 이전의 영웅들 같지 않다. 그들을 유심히 바라보고 그들의 소리에 귀를 기울여보지만, 이게 전부란 말인가, 하는 생각이 든다. 내 말은, 그들이 편안해 보인다는 거다…투덜대기도 하지만…**편안해** 보인다는 거다. 그들에겐 거친 맛이 없다. 그나마 거칠어 보이는 자들은 예술가로 실패하고서 자신의 실패가 외부적인 요인 탓이라고 믿는 자들이다. 그런데 그들이 내놓는 작품은 형편없고 끔찍하다.

이제 내가 집중할 만한 인물은 더 이상 없다. 나 자신에게조차 집중할 수 없다. 버릇처럼 감옥도 들락거려봤고, 문짝도 부숴봤고, 창문도 깨뜨려봤고, 한 달이면 29일 술을 마셔보기도 했다. 이제 난 이 컴퓨터 앞에 라디오를 켜놓고 앉아 클래식을 듣고 있다. 오늘밤엔 술조차 마시지 않는다. 난 페이스를 조절하는 중이다. 뭘 위해? 여든, 아흔까지 살려고? 죽는 건 신경 안 쓴다…하지만 올해는 아니다. 알겠지?

잘은 몰라도, 예전엔 한마디로 달랐다. 작가들은 좀더…작가다웠다. 실제로 무언가 이루어졌다. 블랙선 출판사. 크로스비 부부.[38] 언젠가 난 세대를 거슬러 그 시대에 합류한 적이 있다. 아니라면 난 염병할 놈이다. 커레스 크로스비가 내 단편 하나를 『포트폴리오』[39]에 실어줬는데, 그때 아마 사르트르, 헨리 밀러,[40] 그리고 어쩌면 카뮈도 함께 실렸을 거다. 지금 내겐 그 잡지가 없다. 사람들이 내게서 훔쳐간다. 나랑 술을 마시면서 내 물건을 훔친다. 그래서 난 점점 더 혼자 있게 됐다. 아무튼, '포효하는 20년대'[41]와 거트루드 스타인[42]과 피카소…제임스 조이스, 로런스와 그 일당을 그리워하는 사람이 나 말고도 분명 또 있을 게다.

이젠 예전처럼 우리가 사람들 마음에 파고들지 못하는 것 같다. 마치 선택 가능한 방법을 다 써버린 것 같다. 이젠 우리가 더 이상 해낼 수 없는 것 같다.

난 여기 앉아 담배에 불을 붙이고 음악을 듣는다. 난 건강도 괜찮

---

38) 블랙선 출판사(Black Sun Press), 크로스비 부부(The Crosbys): 1927년 파리에서 해리 크로스비와 커리스 크로스비 부부가 세운 블랙선 출판사는 하트 크레인, 어니스트 헤밍웨이, 제임스 조이스 등 모더니스트의 초기 작품들을 많이 발간했다. 커리스는 파리에 망명한 '잃어버린 세대' 작가들의 대모로 통했다.

39) 『포트폴리오(*Portfolio: An Intercontinental Quarterly*)』: 1945부터 1947년까지 커리스 크로스비가 편집하여 블랙선 출판사에서 발간한 문예계간지.

40) 헨리 밀러(Henry Miller, 1891~1980): 미국 소설가. 개성적인 문체의 자전적이고 에로틱한 작품들로 유명하다.

41) '포효하는 20년대(Roaring 20's)': '광란의 20년대'라고도 한다. 2차 세계대전 이후 미국과 유럽의 주요 도시들에서 번져나간 사회적 · 문화적 경향을 가리키는 말. 전통으로부터의 단절, 자동차, 영화, 라디오 등 최신 과학기술에 대한 낙관적 기대, 현실과 예술에서 장식성보다 실용성을 강조하는 태도 등이 두드러진다. 재즈가 대중적 인기를 끌기 시작한 시기로서, '재즈 시대'로 불리기도 한다.

42) 거트루드 스타인(Gertrude Stein, 1874~1946): 미국 출신으로 파리에서 활동한 여류 소설가 · 시인. 대담한 언어 실험을 시도했고 피카소, 마티스 등과 교유하며 미술과 문학의 모더니즘을 옹호했다. '잃어버린 세대(Lost Generation)'라는 말을 처음 쓴 사람이며, 헤밍웨이의 멘토로도 유명하다.

고 글도 여느 때만큼 잘 쓴다고, 아니 그 어느 때보다 더 잘 쓴다고 생각한다. 그렇지만 내 글 말고 내가 읽는 건 뭐든 너무도…훈련의 결과 같다…잘 배워 익힌 문체 같다. 어쩌면 내가 너무 많이 읽은 탓일지도, 너무 오래 읽어온 탓일지도 모른다. 또, 수십 년간 글을 쓰다 보니 (난 작은 배 한 척 분량의 글을 썼다) 딴 작가의 글을 읽노라면, 장담컨대, 정확히 언제 그가 사기를 치는지 알아맞힐 수 있다. 거짓말은 톡 불거져 나오고, 매끄럽게 윤색한 건 신경을 긁는다…. 다음 줄, 다음 단락이 어떻게 될지 넘겨짚을 수도 있다…. 번쩍이는 섬광도 저돌성도 모험도 없다. 그저 배운 재주일 뿐이다. 새는 수도꼭지 고치기와 마찬가지로.

다른 작가의 위대성을 상상할 수 있을 때가 내겐 더 좋았다. 그런 위대성이 늘 실재한 건 아니라 해도.

고리키가 러시아의 어느 싸구려 여인숙에서 옆 사람에게 담배를 꾸는 모습을 난 마음의 눈으로 봤다. 로빈슨 제퍼스가 말에게 말을 거는 모습도 봤다. 포크너가 술병에 남은 마지막 잔을 노려보는 모습도 봤다. 물론, 물론, 바보스러운 짓이다. 젊은이는 바보스럽고 늙은이는 바보다.

난 적응해야 했다. 하지만 우리 모두에겐, 심지어 지금도, 다음 줄은 언제나 존재하고 바로 다음 줄에서 마침내 돌파구가 열리고, 마침내 할 말을 제대로 하게 될지도 모른다. 글이 잘 풀리지 않는 밤에도 우린 그런 생각을 베개 삼아 잠들 수 있고 모든 게 잘되기를 희망해본다.

아마도 지금 우린 예전의 저 잡것들 못지않게 훌륭할지도 모른다.

젊은 층 중엔 내가 예전에 저 잡것들을 생각했듯 날 생각하는 친구들도 몇몇 있다. 난 안다. 그들에게서 편질 받으니까. 편지는 읽고 집어 던져 버린다. 이 친구들은 치솟는 90년대다. 다음 줄이 있다. 그리고 그다음 줄도. 더 이상 다음 줄이 없을 때까지.

그래. 담배 한 대 더. 그러고선 목욕하고 잘까 싶다.

92년 4월 16일 ········· 오전 12시 39분

경마 끗발이 나쁜 날. 경마장으로 차를 몰고 가는 동안, 어떤 방식을 쓸지 난 늘 고민한다. 내겐 예닐곱 가지 정도의 방식이 있는 것 같다. 그런데 오늘은 잘못된 방식을 고른 게 분명했다. 하지만 내가 경마에 돈을 다 꼬라박거나 제정신을 잃는 일은 없을 거다. 그럴 만큼 돈을 많이 걸지도 않는다. 오랜 가난의 세월 덕분에 난 조심스러운 사람이 됐다. 이기는 날에도 그리 엄청나게 따진 않는다. 그래도 난 틀리기보단 맞길 바란다. 특히나 인생의 몇 시간을 내던진 결과이고 보면 더욱 그렇다. 경마장에 나가 있으면 시간이 정말 죽어나간다는 걸 느낄 수 있다. 오늘, 두 번째 경주에 나서려고 그들이 출발대로 다가가고 있었다. 아직 3분이 남았기에 말들과 기수들은 느릿느릿 다가가고 있었다. 무슨 까닭인진 몰라도 내게는 괴롭도록 긴 시간으로 느껴졌다. 70대가 되고 보면 누가 내 시간을 마구 다루는 게 예전보다 더 속상하다. 물론, 그런 입장을 자초했다는 걸 난 잘 안다.

애리조나의 야간 그레이하운드 경주에 가곤 했다. 근데 거긴 일 처리를 제대로 한다. 마실 걸 사느라 막 등을 돌린 사이 또 한 차례 경주가 시작된다. 30분 대기시간 따윈 없다. 쌩, 쌩, 잇따라 내몰아 보낸다. 속이 후련했다. 밤공기는 시원하고 경주는 계속 이어졌다. 경주와 경주 사이가 엿같이 늘어지는 일은 없었다. 모든 게 끝나도 사람들은 지쳐빠지지 않았다. 남은 밤 동안 술을 퍼마시고 여자친구와 다툴 체력이 남아 있었다.

하지만 경마장에 있다 보면 지옥이 따로 없다. 난 외톨이로 머문다. 어느 누구에게도 말을 붙이지 않는다. 그게 도움이 된다. 음, 발매원들은 날 안다. 난 창구로 가서 목소리를 써야 하니까. 여러 해가 지나는 사이 발매원들이 사람을 알아보게 된다. 그들은 대부분 꽤나 괜찮은 사람들이다. 내 생각엔 그들은 인간들을 오랜 세월 접하다 보니 일종의 통찰력이 생긴 듯하다. 예를 들어, 인간 족속 대부분은 그저 커다란 쓰레기 더미라는 걸 그들은 안다. 하지만 난 발매원들에게서도 거리를 유지한다. 사람들을 상대하지 않는 게 내겐 유리한 점으로 작용한다. 그러기 위해 집에서 죽칠 수도 있다. 문 걸어 잠그고 페인트칠 장난 따윌 하고 지낼 수도 있다. 그러나 어쩐 일인지 난 집에서 나가 거의 모든 인간들이 커다란 쓰레기 더미일 뿐이란 걸 확인하려 든다. 인간들이 변하기라도 할 것처럼! 이거 참, 나도 맛이 간 걸까? 그렇지만 경마장엔 뭔가 있다. 내 말은, 예컨대, 거기 나가 있으면 죽음에 관해 생각하지 않게 된다는 거다. 거기 나가 있으면 내가 너무도 멍청해서 아무 생각도 할 수 없는 인간이라는 느낌이 드니까. 노트를 들고 간 적도 있다. 그래, 경주 사이사이에 몇 가지 써보자, 하고 생각했던 거였다. 불가능하다. 대기는 생기 없이 묵직하고, 우린 죄다 자발적으로 수용소에 갇힌 자들이다. 집에 돌아오면 그제야 난 죽음에 관해 곰곰이 생각할 수 있다. 그리 많이 생각하는 것도 아니다. 난 죽음에 관해 걱정하지도 않고 죽는다는 게 슬프지도 않다. 죽음이 그저 좀 성가셔 보일 뿐이다. 언제? 다음 수요일 밤? 아니면 내가 자고 있을 때? 혹은 다음번의 지독한 숙취 때문에? 교통사고? 죽음은 져야 할 짐이고, 꼭 해치워야 하는 그 무엇이다. 그리고 난 신에 대한 믿음 따윈 없이 떠나갈 거다. 그게 좋겠다. 죽음을 맞대면할 수 있을 테니까. 죽음은 아침에 구두를 신는 것처럼 반드시 해야 하는 그 무엇이다. 글을 못 쓰게 되는 게 서운할 거라 생각한다. 글쓰기가 술 마시는 것보다 더 좋다. 더구나 술을 마시면서 글을 쓸 때면 언제나 사방의 벽이 춤을 추지 않는가. 지옥이 있을지도 모른다, 안 그런가? 지옥이 있다면 나도 거길 갈 텐데, 거기가 어떨지 아는가? 시인들이 죄다 거기서 제 작품들을 읽어댈 테고 난 꼼짝없이 들어줘야겠지. 그자들의 의기양양한 허영심과 넘쳐흐르는 자부심에 난 익사할 지경이겠지. 만약 지옥이 정말 있다면 바로 그게 내 지옥일 거다. 시인들이 한 명씩 끝없이 자기 시를 읽어대는 거.

아무튼 오늘은 유난히 재수 없는 날이었다. 평소 잘 듣는 방식이 통하질 않았다. 패를 섞는 건 신들의 몫이다. 시간은 사지를 절단당하고 난 바보가 된다. 하지만 시간은 써버리라고 있는 거다. 그러니 어쩔 텐가? 항상 증기를 뿜어대며 전속력으로 달리기만 할 순 없다. 섰다가다 하는 거다. 높이 솟구친 다음엔 시커먼 구멍에 떨어지기도 하는 법이다. 고양이를 키우는가? 고양이 여러 마릴? 고양이는 잠만 잔다. 스무 시간씩 퍼질러 자고도 녀석들은 아름답다. 흥분할 일이 없다는 걸 걔네는 안다. 끼니를 챙기고 이따금 소소하게 뭘 좀 사냥할 뿐이다. 이러저런 갈등에 마음이 찢길 때면 난 그저 고양이 한두 마릴 쳐다본다. 아홉 마리가 있다. 그들 중 한 마리가 잠들어 있거나 졸고 있는 걸 쳐다보노라면 마음이 느긋해진다. 글쓰기도 내 고양이다. 글쓰기는 현실을 맞대면하게 해준다. 내 맘을 차갑게 식혀준다. 잠시나마, 어떻든. 그러다가 다시 또 심란해지면 이 모든 걸 되풀이한다. 글쓰기를 그만두기로 작심하는 작가들을 난 이해할 수가 없다. 뭘로 마음을 차갑게 식힐까?

음, 오늘 경마는 따분하고 죽음처럼 썰렁했지만, 난 여기 집에 돌아와 있고, 보나마나 내일 또 경마장에 나갈 거다. 난 어찌 이럴 수 있는 걸까?

어느 정도는 반복적 일과의 힘, 우리들 대부분을 지탱하는 일과의 힘 덕분이다. 가야 할 장소, 해야 할 일. 우린 처음부터 훈련받았다. 나가, 덤벼들어봐. 저기 뭔가 재밌는 게 있을 거야. 참으로 무지한 꿈 아닌가. 술집에서 여자를 낚곤 할 때가 꼭 그런 식이었다. 아마도 *이 여자가* 정말 내가 원하는 여잘지 몰라. 또 하나의 반복적 일과일 뿐이었다. 섹스를 하고 있는 동안에도 때로는, 이건 또 하나의 일과야, 난 그저 내가 하게 돼 있는 일을 하고 있는 거야, 하고 생각하곤 했다. 나 자신이 우스꽝스럽단 느낌이 들었지만 암튼 난 멈추지 않았다. 달리 내가 뭘 할 수 있었을까? 음, 멈췄어야 했다. 꾸물꾸물 몸을 떼면서 이렇게 말했어야 했다, "이봐, 자기, 이거 우리 너무 바보 같아. 우리가 그저 자연법칙의 도구처럼 굴고 있잖아."

"무슨 소리야?"

"내 말은, 이봐, 파리 두 마리가 떡치는 거나 뭐 그런 거 본 적 있어?"

"미쳤어! 난 갈 거야!"

우린 제 자신을 너무 꼼꼼하게 살펴보면 안 된다. 그랬단 사는 걸 멈추게 될 거다. 모든 행동을 멈추게 될 거다. 바위에 마냥 앉아 꼼짝도 하지 않는 현자들처럼. 그게 그리 현명한 건지도 의문이다. 그들이 자명한 걸 버린다고 하지만, 실은 무언가가 그들로 하여금 그걸 버리게 만드는 거다. 어떤 의미에서 그들은 파리 한 마리가 혼자서 떡치는 꼴이다. 행위를 하건 하지 않건 도망갈 길은 없다. 우린 자기 자신을 그냥 손실로 처리할 수밖에 없다. 인생의 장기판에서 무슨 수를 써봐야 결국은 외통수에 걸리게 돼 있다.

그래, 오늘은 경마 운이 나쁜 날이었고, 내 영혼의 입속이 쓰다. 하지만 난 내일도 간다. 안 가려니 두렵다. 경마장에서 돌아온 뒤 컴퓨터 화면을 가로질러 기어 다니는 말들은 실로 내 지친 영혼을 매혹하니까. 떠나야만 돌아올 수 있다. 물론이다, 물론. 바로 그거다. 그렇지 않은가?

"섹스를 하고 있는 동안에도 때로는, 이건 또 하나의 일과야,
난 그저 내가 하게 돼 있는 일을 하고 있는 거야, 하고 생각하곤 했다.
나 자신이 우스꽝스럽단 느낌이 들었지만 암튼 난 멈추지 않았다.
달리 내가 뭘 할 수 있었을까?"

92년 6월 23일 .... 오전 12시 34분

내 평생 그 어느 때보다 지난 두 해 동안 더 많이, 더 잘 쓴 거 같다. 50년 넘게 글을 쓰다 보니 이제야 좀 제대로 쓰게 된 건지도 모른다. 그런데 지난 두 달 사이에 피곤하단 느낌이 들기 시작했다. 피곤은 대체로 신체적인 데서 오지만, 약간은 정신적인 것이기도 하다. 쇠퇴기가 시작된 걸 수도 있다. 그렇게 생각하면 물론 끔찍하다. 내 바람은 죽는 순간까지 쇠하지 않고 계속하는 거였다. 1989년엔 결핵을 이겨냈다. 올해엔 눈을 수술했는데 아직 완치되진 않았다. 오른쪽 다리, 발목, 발도 아프다. 소소하게 여기저기 안 좋다. 피부암도 좀 있다. 죽음이 내 발뒤꿈치를 물어대며 내게 알려주려는 것 같다. 난 시원찮은 늙은이일 뿐이라고. 음, 난 죽자고 술을 퍼마셔댔지만 죽진 못했다. 죽기 직전까지 갔지만 죽진 않았다. 이제 난 내게 남은 걸 다 쓰고 죽을 자격이 있다.

암튼, 난 사흘 밤을 한 줄도 쓰지 못했다. 미쳐버려? 극히 저조할 때도 나는 말들이 내 속에서 부글부글 떠오르며 태세를 갖추는 걸 느낄 수 있다. 내가 무슨 시합에 참여한 건 아니다. 명성이나 돈을 원한 적도 없다. 말들을 내가 원하는 식으로 풀어놓고 싶은 것, 그게 전부다. 난 말들을 풀어놓아야 한다. 그러지 않았단 죽음보다 더 고약한 그 무엇에게 난 꺾이고 말 거다. 말은 값진 거라기보다 내게 꼭 필요한 거다.

하지만 말을 다루는 내 능력에 회의가 들기 시작하면 난 그냥 딴 작가를 읽는데, 그러고 나면 걱정할 게 없다는 걸 난 알게 된다. 내 시합 상대는 나 자신이다. 제대로, 힘차고 드세고 즐겁게, 도박하듯 하는 거다. 그러지 않으려면 관둬라.

외톨이로 지내기로 한 건 현명한 결정이었다. 지금 집으로 찾아오는 사람은 거의 없다. 내 아홉 마리 고양이는 인간이 나타나면 미친 듯 날뛴다. 게다가 아내마저 점점 더 날 닮아가고 있다. 아내가 그리 되길 난 원치 않는다. 내겐 이게 자연스럽다. 하지만 린다에겐 그렇지 않다. 린다가 차를 몰고 무슨 모임에라도 가면 난 기쁘다. 어찌 됐든 내겐 염병할 경마가 있다. 난 언제라도 경마에 관해, 그 거대한 정체 불명의 빈 구멍에 관해 쓸 태세가 돼 있다. 내가 거기 가는 건 나 자신을 희생물 삼고, 시간의 사지를 잘라내고 죽이기 위해서다. 시간을 죽여야만 한다. 기다리는 동안. 완벽한 시간은 이 기계 앞에 앉아 있을 때다. 그러나 불만족스러운 시간이 없인 완벽한 시간도 얻을 수 없다. 열 시간을 죽여야만 두 시간을 살릴 수 있으니까. 주의해야 할 게 있다. 시간을 **모두 다**, 세월을 **모두 다** 죽이면 안 된다.

작가는 자신과 자신의 말에게 자양분이 될 본능적인 그 무엇, 자신의 삶이 죽음과 다름없는 것이 되지 않도록 보호해줄 본능적인 그 무엇을 행함으로써 글을 쓸 태세를 갖춘다. 그 무엇은 사람마다 다르다, 그리고 같은 사람에게도 시기에 따라 바뀐다. 한때 난 무지막지하게 술을 마셔댔다. 미칠 정도로. 그게 말의 날을 세우고 말을 끌어냈다. 그리고 난 위험이 필요했다. 자신을 위험한 상황에 빠뜨릴 필요가 있었다. 남자들 · 여자들 · 자동차 · 도박 · 굶주리기, 그 뭐가 됐든. 그게 말의 자양분이었다. 난 수십 년 동안 그런 식이었다. 이젠 바뀌었다. 지금 내겐 좀 더 미묘하고 좀 더 눈에 잘 안 띄는 게 필요하다. 그건 대기 속에 떠도는 어떤 느낌이다. 말해진 말들, 들리는 말들. 보이는 것들. 지금도 술이 좀 필요하긴 하다. 하지만 이제 난 섬세한 뉘앙스와 미세한 의미 차이에 열중한다. 내가 거의 의식하지 못하는 것들에서 말의 자양분을 얻는다. 이건 근사한 일이다. 이제 난 예전과 다른 종류의 헛소릴 써내고 있다. 어떤 사람들은 알아차렸다.

"돌파구를 찾았군요," 그들이 내게 주로 하는 말이다.

그들이 알아차린 게 뭔지 나도 의식하고 있다. 나도 그걸 느낀다. 말들이 좀 더 단순해지고, 따뜻해지고 어두워졌다. 나는 새로운 원천에서 자양분을 얻고 있다. 죽음에 가깝다는 건 활력소다. 난 온갖 이점을 갖고 있다. 젊은이들에겐 감춰진 것들을 보고 느낄 수 있다. 난 젊음의 힘에서 노년의 힘으로 옮겨 왔을 뿐이다. 쇠퇴 따윈 없을 거다. 어, 졸린다. 이제 미안하지만 자야겠다. 12시 55분이다. 지껄이다 밤새우겠다. 웃을 수 있을 때 웃어라….

92년 8월 24일 .... 오전 12시 28분

음, 일흔두 살이 되고 이제 여덟 밤낮이 지났다. 이 얘길 난 결코 다시 할 수 없을 거다.

좋지 못한 상태가 두어 달 이어진다. 피곤하다. 신체적으로, 정신적으로. 죽음은 별거 아니다. 내가 청승을 떨면 죽음이 얼씬거리고, 기계에서 말들이 날아 나오지 않으면 그게 죽음이다. 죽음이란 협잡꾼은 그럴 때 등장한다.

아랫입술 안쪽과 밑에 커다란 종창이 생겼다. 힘이 없다. 오늘은 경마장에 가지 않았다. 침대에 그냥 누워 있었다. 지치고 지쳤다. 일요일의 경마장에 몰리는 군상은 최악이다. 난 사람들 얼굴을 대하는 데 문제가 있다. 얼굴을 쳐다보는 게 너무 힘들다. 각 인간들 삶의 합계가 얼굴에서 보이는데, 끔찍한 광경이다. 하루에 수천 명의 얼굴을 보노라면 머리 꼭대기에서 발톱까지 지친다. 창자 속까지 온통. 일요일엔 사람이 너무 많다. 초짜들의 날이다. 그들은 고함지르고 욕질해댄다. 광분한다. 그러곤 쫄딱 잃은 채 비척거리며 떠나간다. 그들은 뭘 기대했던 걸까?

몇 달 전에 오른쪽 눈 백내장 수술을 했다. 수술은 사람들이 잘못 알려준 것처럼 그리 간단하지 않았다. 눈수술을 했다는 사람들의 얘기를 모았었다. 아내가 장모와 통화하는 걸 들었다. "몇 분밖에 안 걸렸다고? 수술 끝난 뒤 차를 몰고 집으로 돌아갔다는 거지?" 또 어떤 늙은이가 내게 말했다, "아, 그거 아무것도 아니야. 눈 깜빡할 새 끝나고 나면 그냥 정상적으로 볼일을 봐도 돼." 다른 여러 사람들도 그 수술이 별게 아니라는 투로 말했다. 공원에서 산책하는 거나 다를 게 없다는 식이었다. 누구에게도 내가 수술에 관해 물어보지 않았는데 이 사람들이 먼저 얘길 꺼낸 거였다. 그러다 보니 얼마 후 난 그 말을 믿기 시작했다. 하지만 눈 같이 섬세한 걸 거의 발톱 자르듯이 다룰 수 있다는 게 게 여전히 미심쩍긴 했다.

처음 찾아갔을 때 의사는 내 눈을 검사한 뒤 수술해야 한다고 말했다.

"좋아요," 내가 말했다. "합시다."

"네?" 그가 물었다.

"지금 합시다. 어디 한번 해보자고요."

"잠깐만요," 그가 말했다. "우선 병원을 예약해야 합니다. 다른 준비할 것들도 있고요. 먼저, 수술에 관한 영화를 한 편 보여드리죠. 15분밖에 안 걸립니다."

"수술 말이오?"

"아뇨, 영화 말씀입니다."

무슨 일이 일어났나 하면, 그들은 내 눈의 수정체를 통째 들어내고 인공수정체로 바꿔 끼웠다. 수정체를 실로 기워 고정한 뒤 눈이 적응하고 회복하길 기다려야 했다. 3주 정도 뒤 실밥을 뺐다. 수술은 공원 산책과는 거리가 멀었고, "몇 분"보단 한참 더 걸렸다.

아무튼, 다 끝난 다음 장모님 말씀을 들어보니, 장모께서 몇 분 정도라고 생각했던 건 아마 수술 뒤 처치였던 모양이었다. 그럼 그 늙은이는? 내가 그에게 물었다, "눈수술 하고 나서 시력이 제대로 회복되는 데 얼마나 걸렸지요?" "내가 수술을 했는지 확실히 모르겠는걸," 그가 답했다.

입술이 이리 부은 것도 고양이 물주발의 물을 마신 탓 아닐까?

오늘밤엔 기분이 좀 낫다. 한 주 6일 내내 경마장에 개근을 하다 보면 누구든 진이 빠지고 말 거다. 언제 한번 시험해보라. 그러고 나서 집에 들어와 소설에 매달려보라.

혹은 죽음이 내게 무슨 신호를 보내고 있는 건지도 모르지.

며칠 전 난 내가 없어진 세상을 생각해봤다. 세상은 늘 하던 대로 굴러간다. 그리고 난 거기에 없다. 참 기이하다. 쓰레기 트럭이 와서 쓰레기를 걷어가는데 난 거기 없다. 또는 신문이 진입로에 배달돼 있는데 그걸 집어갈 난 거기 없다. 상상도 안 된다. 더 나쁜 건 죽고 얼마 뒤 내 진가가 발견되는 거다. 내 생시에 날 두려워하거나 혐오하던 모든 작자들이 별안간 날 받아들이겠지. 온갖 곳에 내 말들이 출몰할 거다. 클럽과 협회도 만들어지겠지. 욕지기나는 일이다. 내 생애를 다룬 영화도 만들어질 거다. 난 실제보다 한참 더 용기 있고 재능 있는 인간으로 그려지겠지. 한참 더. 신들마저 토하게 만들기 충분할 거다. 인간이란 족속은 모든 걸 과장한다. 영웅도, 원수도, 제 자신의 중요성도.

씨방새들. 그래, 욕을 하니 기분이 나아지는군. 염병할 인간 족속. 그래, 기분이 나아져.

밤이 서늘해지고 있다. 가스 값을 내야 할 거 같다. LA 중심부 남쪽에서 러브란 이름의 부인이 가스 값을 내지 않는다고 총에 맞아 죽은 사건이 기억난다. 가스 회사에서 가스를 끊으려 했다. 그 부인이 가스 회사 직원들을 싸워서 쫓아버렸다. 뭘로 싸웠는지 잊었다. 아마 삽이었던 거 같다. 경찰이 왔다. 어쩌다 그리 됐는지는 기억 안 난다. 아마 부인이 앞치마에서 뭘 꺼내려고 했던 거 같다. 경찰이 부인을 쏘아 죽였다.

좋다, 좋아, 내 가스 값 내마.

내 소설이 걱정이다. 어느 탐정 이야기다. 그런데 난 계속 그를 거의 해결 불가능한 상황으로 몰아간다. 그러고 나면 난 그가 빠져나올 방도를 마련해야 한다. 경마장에 있는 동안에도 그를 빼낼 방도를 생각할 때가 있다. 내 편집자 겸 출판인이 궁금해한다는 걸 난 안다. 그는 아마 내 소설이 문학적이지 않다고 생각할지도 모른다. 내가 하는 건 뭐든 문학적이라고 난 주장한다. 그게 문학적인 것이 되지 않도록 내가 애쓰는 경우에조차도. 그도 지금쯤은 날 믿어줘야 한다. 음, 그가 이 소설을 원치 않는다면 난 딴 곳에 줄 거다. 이 소설은 내가 지금껏 써온 다른 소설들만큼 잘 팔릴 거다. 이게 예전 것들보다 더 낫진 않더라도 예전 것들 못지않게 좋은 작품이고 내 열성 독자들은 기꺼이 사볼 테니까.

이봐, 오늘밤 푹 자고 아침에 일어나면 이 입술 부은 게 사라질지도 모른다고. 이렇게 거창한 입술을 하고서 내가 금전출납원 쪽으로 몸을 숙이며 "6번 말 단승에 20달러"라고 말하는 게 상상이나 돼? 그래. 난 안다. 그는 알아차리지도 못할 거다. 내 아내도 내게 물었다, "당신 늘 그렇지 않았어요?"

빌어먹을.

고양이가 하루 24시간 중 20시간 잔다는 걸 사람들이 알까? 그 녀석들이 나보다 나아 보이는 게 놀랄 일도 아니지.

92년 8월 28일 ·························· 오전 12시 40분

인생엔 수천 개의 덫이 깔려 있고 우리들 대부분은 여러 개의 덫에 걸린다. 그러니 덫을 최대한 피하는 것이 상책이다. 그러는 게 죽을 때까지 되도록 생생하게 살아 있는 데 도움이 된다….

어느 네트워크 티브이 방송국 사무실에서 편지가 왔다. 아주 간단한 내용으로, 이 친구—조 싱어라 해두자—가 집에 찾아오고 싶다고 했다. 무슨 일거리 관련 얘길 하겠다는 거였다. 편지 첫 장에 100달러 지폐가 두 장 붙어 있었다. 두 번째 장에도 100달러가 한 장 붙어 있었다. 난 경마장으로 가려던 참이었다. 100달러 지폐들을 편지지에서 떼어보니 찢어지지 않고 깨끗이 떨어졌다. 전화번호가 적혀 있었다. 경마장에 다녀와 밤에 조 싱어에게 전화를 하기로 작정했다.

전활 했다. 조는 스스럼없고 편했다. 나 같은 작가를 소재로 티브이 시리즈를 만들어보자는 구상이라고 했다. 늙은 나이에 여전히 글을 쓰고 술도 마시고 경마도 하는 나 같은 작가.

"만나서 한번 얘길 해보면 어떨까요?" 그가 물었다.

"그쪽이 이리 와야 할 텐데," 내가 답했다. "밤에."

"그러죠," 그가 말했다. "언제 갈까요?"

"모레 밤에 오시오."

"좋습니다. 제가 선생님 역할을 맡기고 싶은 배우가 누군지 아시겠어요?"

"누군데?"

그가 배우 한 사람을 거명했다. 해리 데인이라 해두자. 해리 데인이 난 언제나 맘에 들었다.

"좋군," 내가 말했다. "300달러도 고맙소."

"선생님 관심을 끌고 싶었지요."

"끌었네."

음, 약속한 밤이 되자 조 싱어가 나타났다. 제법 싹싹하고 지적이면서 편안해 뵀다. 우린 술을 마시며 얘길 나눴다. 경마를 비롯해 잡다한 것들에 관해. 티브이 시리즈 얘긴 별로 하지 않았다. 아내 린다도 자리를 같이했다.

"그런데 그 시리즈 얘길 좀 더 해줘요," 린다가 말했다.

"괜찮아 린다," 내가 말했다. "우린 그냥 쉬엄쉬엄…."

나란 사람이 제 정신인지 아닌지 알아볼 겸 조 싱어가 들렀다는 느낌이 들었다.

"좋습니다," 서류 가방을 뒤지며 그가 말했다. "여기 대충의 구상이 있습니다…."

그가 종이 네댓 장을 건넸다. 주인공에 관한 묘사가 대부분이었는데, 날 제법 잘 스케치했단 생각이 들었다. 늙은 작가가 갓 대학을 나온 아가씨와 살고 있는데, 그 아가씨가 뒷바라지를 도맡으면서 낭독회를 준비하는 일 같은 것도 했다.

"방송국에서 이 아가씨를 넣자고 해서요," 조가 말했다.

"알았소," 내가 답했다.

린다는 아무 말도 없었다.

"자," 조가 말했다. "선생님께서 이걸 다시 살펴주십시오. 이런저런 구상들, 플롯과 관련된 구상들도 들어 있고, 에피소드마다 초점이 달라지긴 하겠지만, 모든 게 선생님 성격을 바탕으로 하고 있습니다."

"알겠소," 내가 답했다. 하지만 난 약간 걱정이 되기 시작하는 중이었다.

우린 두어 시간 더 술을 마셨다. 대화 내용은 별로 기억나지 않는다. 잡담 정도였다. 그렇게 밤이 지나갔다….

다음날 경마장에서 돌아와 에피소드별 구상이 담긴 페이지를 읽었다.

1. 바닷가재를 먹겠다는 행크의 갈망이 동물권리 활동가들 때문에 꺾이고 만다.

2. 행크가 시인들을 좇는 한 열성 팬과 잘해볼 수 있는 기회를 비서가 망친다.

3. 헤밍웨이를 기리는 뜻에서 행크는 밀리라는 이름의 여자와 자는데[43], 기수로 일하는 여자의 남편이 제 아내와 계속 자는 대가로 행크에게 돈을 주려고 한다. 무슨 함정이 있는 게 분명하다.

4. 행크가 젊은 남자 화가에게 초상화 그리는 걸 허락했다가 궁지에 빠진 나머지 자신의 동성애 경험을 밝힌다.

5. 친구 하나가 자신의 최신 사업 계획에 투자하라고 행크에게 권한다. 토사물을 재활용해 산업용으로 쓰는 사업.

조에게 전화를 걸었다.

"젠장, 이 사람아, 이 동성애 경험이란 게 뭐야? 난 그런 거 안 했어."

"뭐, 그건 꼭 안 넣어도 돼요."

"넣지 말자고. 이봐, 다음에 얘기하지, 조."

전활 끊었다. 일이 이상하게 돌아가고 있었다.

배우 해리 데인에게 전활 했다. 그는 우리 집에 서너 번 온 적이 있다. 그는 갖은 풍상을 견딘 듯한 멋들어진 얼굴에 말투는 직설적이었다. 허식이 별로 없었다. 난 그가 좋았다.

"해리," 내가 말했다. "이 티브이 회사, 티브이 채널 말인데—날 소

---

43) 밀리(Millie)는 어니스트 헤밍웨이의 미들네임 밀러(Miller)와 철자와 발음이 비슷하다.

재로 시리즈물을 하고 싶다면서 자네가 내 역할을 맡아줬으면 하는 군. 그쪽에서 얘기 들었어?"

"아뇨."

"자네랑 이 친구를 만나게 해서 얘기가 어떻게 돌아가는지 봤으면 좋겠어."

"무슨 채널이라고요?"

내가 그 채널을 말해줬다.

"근데 그건 상업 티브이 방송이에요. 검열에, 광고에, 웃음 음향효과까지 내보낸다고요."

"이 조 싱어란 친구 말론 자기들 하고 싶은 걸 자유롭게 한다던데."

"검열이 문제죠. 광고주 기분을 상하게 할 순 없거든요."

"내 맘에 젤 들었던 건 자넬 주역으로 삼고 싶단 거였어. 내 집에 와서 그 친굴 한번 만나보지 그래."

"행크, 전 행크의 글이 좋아요. HBO[44]랑 일을 할 수 있다면 아마 제대로 할 수 있을 텐데."

"음, 알겠어. 아무튼 이리 와서 그 친구가 뭐라는지 한번 들어보지 그래. 자네 본 지도 제법 됐고."

"그래요. 뭐, 가긴 가겠지만 주목적은 행크와 린다를 보는 거예요."

"좋아. 모레 밤 어때? 내가 약속을 잡지."

---

44) HBO(Home Box Office): 미국의 케이블 위성 티브이 네트워크. 영화와 티브이 시리즈를 많이 방송한다.

"좋아요," 그가 답했다.

조 싱어에게 전활 걸었다.

"조, 모레 저녁 아홉 시에 해리 데인더러 오라고 했어."

"좋습니다. 잘됐군요. 우리가 그분에게 리무진을 보낼 수도 있습니다."

"리무진엔 그 친구 혼자만 타나?"

"아마도요. 혹 우리 사람들 중 누가 동행할 수도 있고요."

"음, 난 잘 모르겠네. 다시 전화함세."

"해리, 그 친구들이 자넬 구워삶으려는 중이야. 자네에게 리무진을 보내고 싶어 하더군."

"나 하날 태우려고요?"

"확실하진 않다더군."

"그 친구 전화번호 좀 가르쳐주시겠어요?"

"물론이지."

그게 다였다.

다음날 경마장에서 돌아오자 린다가 말했다, "해리 데인이 전화했어요. 그 티브이 건 얘길 나눴어요. 우리가 돈이 궁하냐고 묻데요. 아니라고 말해줬죠."

"그래도 오겠대?"

"예."

난 그다음 날 경마장에서 좀 일찍 돌아왔다. 자쿠지를 할 작정이었다. 린다는 집에 없었는데, 축배거릴 사러 간 모양이었다. 나로 말하면 그 티브이 시리즈가 좀 겁이 나기 시작하는 중이었다. 그 친구들이 날 완전히 물 먹일 수도 있으니까. 늙은 작가가 이런 짓을 한다. 늙은 작가가 저런 짓을 한다. 웃음 음향효과. 늙은 작가가 술에 취해 시 모임을 놓친다. 뭐, 그 정도야 그리 나쁠 거 없다. 하지만 난 쓰잘머리 없는 대본까지 쓰고 싶은 생각은 없고, 그러니 대본은 그리 좋지 않을 거다. 난 여기 작은 방들에서 수십 년 동안 글을 썼다. 공원 벤치에서 자고 술집에서 죽치고 온갖 멍청한 일들을 하면서도 글을 썼다. 내가 쓰고 싶은 꼭 그대로, 그렇게 써야 한다는 기분이 드는 그대로 썼다. 내 작품이 드디어 인정을 받기 시작했다. 하지만 난 여전히 나 쓰고 싶은 대로, 그렇게 써야 한다는 기분이 드는 대로 썼다. 난 여전히 미치지 않으려고 글을 쓰고 있고, 난 여전히 글을 쓰면서 이 염병할 인생을 나 자신에게 설명하려고 애쓰고 있다. 그런데 지금 상업 티브이의 시리즈물을 하자는 솔깃한 제안을 받고 있다. 내가 그처럼 힘겹게 싸워 지키려 했던 모든 게 웃음 음향효과를 입히는 무슨 시트콤 시리즈물 때문에 우스갯거리가 되게 생긴 거였다. 하느님 맙소사.

난 옷을 벗고 자쿠지가 있는 바깥으로 발을 옮겼다. 티브이 시리즈에 관해, 내 지난 삶과 지금에 관해, 그리고 그 밖의 온갖 것에 관해 생각하고 있었다. 주의가 좀 산만했다. 난 잘못된 쪽에서 자쿠지에 발을 디뎠다.

발을 담그는 순간에야 알았다. 그쪽에는 디딤대가 없었다. 일은 순

식간에 벌어졌다. 조금 안쪽으로 의자 대용의 작은 단이 하나 설치돼 있었다. 오른발이 거기에 걸려 미끄러지면서 균형을 잃고 쓰러졌다.

자쿠지 가장자리에 머리를 부딪치게 생겼구나, 하는 생각이 머릿속을 스쳤다.

넘어지면서 머릴 앞쪽으로 내미는 데만 신경을 썼다. 그 나머진 어찌 되든 상관없었다. 넘어지면서 오른쪽 다리가 제일 큰 충격을 받으며 꼬였지만, 가까스로 머리만큼은 가장자리에 부딪치지 않았다. 그러고서 난 보글보글 거품이 올라오는 물속에 오른쪽 다리의 찌르는 듯한 통증을 느끼며 그냥 떠 있었다. 가뜩이나 그쪽 다리가 아팠는데, 이젠 제대로 찢어진 거였다. 이 모든 게 내가 멍청해서란 기분이 들었다. 기절을 했을 수도 있지 않은가? 익사했을 수도. 린다가 돌아와 내가 죽은 채 물에 떠 있는 꼴을 보게 됐을 수도 있는 일이었다.

우범지역 출신 시인으로 애주가였던 저명 작가, 자택 자쿠지에서 죽은 채 발견. 자신의 생애에 기반한 시트콤 제작 계약에 최근 서명.

민망한 결말이란 표현으로도 부족하다. 순전히 신들이 내 얼굴에 그냥 똥칠을 하는 거다.

겨우겨우 자쿠지에서 나와 집 안으로 움직였다. 간신히 걸을 수 있었다. 오른 다리를 디딜 때마다 엄청난 통증이 발목에서 무릎으로 다리를 타고 올라왔다. 절뚝이며 냉장고로 가서 맥주 하날 꺼냈다….

해리 데인이 먼저 도착했다. 그는 자기 차를 타고 왔다. 우린 포도주를 꺼냈고, 내가 잔을 채우기 시작했다. 조 싱어가 왔을 때 우린 이미 몇 잔을 마신 뒤였다. 내가 두 사람을 소개했다. 조가 시리즈물 계획의 전반적인 형식을 해리에게 설명했다. 해리는 담배를 피우면서 포도주를 상당히 급하게 마셔댔다.

"그래요, 그래," 그가 말했다. "그런데 웃음 음향효과는? 그리고 행크와 내가 소재에 대한 통제권을 완전히 쥐어야겠소. 그리고, 잘 모르지만, 검열 문제도 있고…."

"검열? 무슨 검열 말이죠?" 조가 물었다.

"스폰서들, 스폰서들 기분을 맞춰줘야 할 거 아니오. 소재 취급에 제한이 따른다는 거지."

"우린 완전한 자유를 누릴 겁니다," 조가 말했다.

"그럴 수 없을 텐데," 해리가 말했다.

"웃음 음향효과는 끔찍해," 린다가 껴들었다.

"맞아," 내가 맞장구쳤다.

"그리고 또," 해리가 말했다. "티브이 시리즈에 출연해본 적이 있는데, 일 진행이 느려터지더군. 하루에 몇 시간씩 걸려. 영화 촬영보다 못해. 힘든 작업이오."

조는 대답이 없었다.

우린 계속 술만 마셨다. 두어 시간이 흘렀다. 같은 얘길 하고 또 하는 것 같았다. 해리는 HBO와 일을 하는 게 나을지 모른다고 했다. 그리고 웃음 음향효과는 끔찍하다고 했다. 그러면 조는 모든 게 잘 풀릴 거다, 상업 티브이에도 제작 과정의 충분한 자유가 허용된다, 시절이 바뀌었다, 라고 했다. 정말 지겹고 끔찍했다. 해리는 술을 정말 들이붓고 있었다. 그러더니 세상이 뭐가 잘못됐고 무엇 땜에 그리 됐는지에 관해 열변을 토하기 시작했다. 그는 어떤 대사 한 줄을 수시로 반복했다. 근사한 말이었다. 유감스럽게도, 너무 근사해서 난 그 대사를 잊어버렸다. 하지만 해리는 끝이 없었다.

별안간 조 싱어가 벌떡 일어났다. "거참 빌어먹을, 당신네들은 걸레 같은 영화만 잔뜩 만들었어! 티브이도 때로 좋은 걸 만든다고! 우리가 만드는 게 죄다 엿같진 않아! 당신네들은 쓰레기 같은 영화만 계속 내놓잖아!"

그러고서 그는 화장실로 뛰어들었다.

해리가 날 쳐다보며 씩 웃었다. "봐요, 재가 핏대 났네요, 그죠?"

"맞아, 해리."

난 포도주를 좀 더 따랐다. 우린 앉아서 기다렸다. 조 싱어는 화장실에서 오랫동안 나오지 않았다. 그가 나오자 해리가 화장실 앞에 서서 그와 얘길 나눴다. 무슨 얘긴지 들리진 않았다. 해리가 그에게 미안한 마음이 들었구나, 하고 난 생각했다. 그러고서 얼마 뒤, 조 싱어가 서류 가방에 제 물건들을 챙겨 넣기 시작했다. 그가 문으로 걸어가더니 날 돌아보며 말했다, "전화 드릴게요."

"좋소, 조."

그러고서 그는 사라졌다.

린다와 나와 해리는 계속 술을 마셨다. 해리는 세상이 뭐가 잘못됐는지에 관해 계속 열변을 토하면서 내가 지금 기억하지 못하는 그 근사한 대사를 반복해서 읊었다. 우린 티브이 시리즈물 계획에 대해선 별로 얘기하지 않았다. 해리가 떠났을 때 우리 부부는 그의 운전이 걱정됐다. 우린 자고 가라고 했지만 그가 사양했다. 운전할 수 있다고 했다. 다행히 잘 간 모양이었다.

다음 날 저녁 조 싱어가 전화를 했다.

"보세요, 우린 그 양반 필요 없어요. 일할 생각이 없더군요. 다른 사람을 쓰면 되죠."

"하지만, 조, 애당초 내가 관심을 가지게 됐던 중요한 이유 중 하나는 해리 데인이 출연할 수 있겠다는 거였어."

"다른 사람을 쓰면 돼요. 제가 편지로 명단을 보내드릴게요. 그 작업을 하겠어요."

"잘 모르겠네, 조…."

"제가 편질 드리죠. 그리고, 들어보세요, 제가 사람들과 얘길 해봤는데, 좋아, 웃음 음향효과 빼자, 그랬다고요. HBO랑 함께 하는 것도 괜찮겠다고 했어요. 그 말을 듣고 전 놀랐어요. 전 그 사람들 밑에서 일하지 HBO 일을 하는 게 아니니까요. 어쨌든 배우 명단을 보내드릴게요."

"알았네, 조…."

난 아직도 거미줄에 걸려 있었다. 빠져나오고 싶었지만 어떻게 말해야 할지 참 난감했다. 나로선 놀라운 일이었다. 보통 땐 사람들 떼어내는 재주 하나는 내가 썩 좋지 않은가. 조가 그 일에 많은 공을 들였을 거라고 생각하니 죄책감이 들었다. 게다가, 애초에 일이 열띠게 시작될 때, 주로 내 얘기를 바탕으로 시리즈물을 만든다는 구상이 내 허영심을 부추겼던 것도 같다. 하지만 이젠 그게 좋아 보이지 않았다. 그 모든 게 쓰레기 같다는 기분이 들었다.

며칠 뒤 배우들 사진이 도착했는데, 한 무더기나 됐고, 후보가 될 만한 배우엔 동그라미가 쳐져 있었다. 각 배우 사진 옆에 에이전트 전화번호가 적혀 있었다. 배우들은 대개 웃고 있었는데, 그 얼굴들을 들여다보고 있자니 욕지기가 났다. 얼굴들은 상냥하고 공허하고 매우 할리우드적이고, 그래서 너무너무 끔찍했다.

사진과 함께 짤막한 메모가 동봉돼 있었다.

"…3주 동안 휴가를 갑니다. 돌아오면 제대로 이 일에 시동을 걸까 합니다."

그 얼굴들이 결론을 내려줬다. 더 이상 견딜 수가 없었다. 난 컴퓨터 앞에 앉아 치기 시작했다.

"…그 계획을 시간을 두고 곰곰이 생각해봤는데, 솔직히, 난 못 하겠네. 그 일을 했다간 내가 살아온 인생, 내가 살고 싶었던 인생은 끝장나고 말 걸세. 그 일은 한마디로 내 존재 속으로 너무 깊숙이 침범해 들어오는 거라네. 그것 때문에 내가 심히 불행해지고 우울해질 걸세. 이런 기분이 조금씩 들기 시작했지만, 단지 어떻게 자네에게 설명해야 할지 잘 몰랐을 뿐이네. 그날 밤 자네와 해리 데인이 다툴 때 난

"그 얼굴들을 들여다보고 있자니 욕지기가 났다.
얼굴들은 상냥하고 공허하고 매우 할리우드적이고,
그래서 너무너무 끔찍했다."

기분이 좋았어. 이젠 끝났구나, 하는 기분이었거든. 그런데 자넨 새 배우 명단을 곧바로 들이대는군. 조, 난 그만두고 싶네. 감당 못하겠거든. 처음부터 그런 느낌이 들었는데, 일이 진척될수록 그 느낌이 점점 더 강해졌다네. 자네에게 무슨 유감이 있는 건 아니네. 난 조를 티브이 방송계에 뭔가 새 피를 주입하고 싶어하는 명석한 젊은이라고 생각해. 그러나 그 새 피가 내 피는 아니었으면 좋겠네. 내 걱정을 잘 이해하지 못할는지 모르지만, 믿어주게, 나로선 염병할 정말 절실한 걱정이라네. 자네가 내 삶을 대중에게 펼쳐 보여주고 싶어 한다는 걸 영광으로 여겨야겠지만, 난 그걸 생각하면 너무 무섭네. 내 삶 자체가 위협받는 듯한 느낌이 드니까. 난 그만둬야겠네. 밤엔 잠을 못 이루고, 생각을 할 수도 없고, 아무것도 못하겠네.

부탁이니 전화도 편지도 하지 말게. 무슨 수를 써도 내 맘은 바뀌지 않네.

다음날 경마장 가는 길에 편지를 우편함에 떨궜다. 새로 태어난 기분이었다. 자유로워지려면 아직은 좀 더 싸워야 할지도 몰랐다. 하지만 난 법정에라도 갈 각오였다. 뭐든 할 작정이었다. 어찌 됐든 조 싱어에겐 미안했다. 그러나, 염병할, 난 다시 자유였다.

프리웨이에 올라 라디오를 켜니 운 좋게도 모차르트가 나왔다. 인생은 때로 근사할 수도 있지만, 그건 종종 우리가 하기에 달린 거였다.

92년 8월 30일 .... 오전 1시 30분

경마장에서 여섯 번째 경주가 끝나고 에스컬레이터를 타고 내려가는데 웨이터가 날 봤다. "지금 댁으로 가시는 건가요?" 그가 물었다.

"이봐, 난 자네한테 그런 짓 안 해," 내가 말했다.

그 가엾은 친구들은 트레이에 엄청난 양의 음식을 담아 경마장 주방에서 위층으로 날라야 했다. 손님이 돈을 안 내고 가버리면 그 친구들이 대신 계산해야 했다. 어떤 경마꾼들은 한 식탁에 네 명이 앉는다. 웨이터들은 하루 종일 일하고도 경마장에 빚을 지는 수가 있었다. 사람들이 몰리는 날이면 더 열악했다. 웨이터들이 모든 사람을 다 지켜볼 순 없으니까. 돈을 받게 되는 때에도 경마꾼이 주는 팁은 시원찮았다.

난 일층으로 내려간 다음 바깥으로 걸어 나가 햇살 속에 섰다. 바깥은 근사했다. 경마장에 와서 햇살 속에 그냥 서 있기만 해도 좋을 것 같았다. 거기서 글에 관해 생각하는 일은 좀처럼 없지만, 그땐 글 생각을 했다. 최근에 읽은 무슨 얘기, 내가 아마 미국에서 가장 잘 팔리고 가장 영향력 있고 가장 많이 모방되는 작가일 거라는 얘기를 생각해봤다. 얼마나 생소한 얘긴가. 뭐, 다 염병할 소리였다. 중요한 건 다음번에 컴퓨터 앞에 앉는 순간이었다. 내가 여전히 쓸 수 있다면 난 살아 있는 거고, 쓸 수 없다면 이전에 쓴 건 죄다 내게 아무 의미가 없었다. 글쓰기에 관해 생각을 다 하다니, 내가 어찌 됐던 거지? 맛이 가는 중이었던 모양이다. 난 글을 쓰고 있을 때조차 글에 관해 생각하지 않는다. 그때 난 기수들을 출발선으로 부르는 소릴 듣고 되돌아 들어가 에스컬레이터에 올랐다. 올라가다가 내게서 돈을 꾼 남자를 지나쳤다. 남자가 고개를 숙였다. 난 못 본 체했다. 그가 내게 돈을 갚아봐야 나아질 게 없었다. 그 돈을 다시 꾸게 될 뿐이니까. 어느 늙은 남자가 그날 초장에 내게 다가와 "60센트만 주쇼!"라고 했다. 그 돈이 있으면 2달러 베팅 한 번 할 돈이 될 테니, 한 번 더 꿈꿀 기회를 갖게 되는 거였다. 경마장은 염병할 슬픈 곳이지만, 어딘들 매한가지 아닌가. 달리 갈 곳이 없었다. 뭐, 제 방에 문 닫고 들어갈 순 있지만, 그랬단 아내가 우울해진다. 가뜩이나 우울한데 더 우울해진다. 미국은 우울한 아내들의 나라다. 그리고 그건 남편들 잘못이다. 분명하다. 남편 말곤 주위에 누가 있나? 새, 개, 고양이, 벌레, 생쥐, 거미, 물고기 등등을 탓할 순 없는 노릇이다. 남편이 문제다. 그리고 남편들은 함부로 우울해질 수도 없다. 그랬단 배가 통째 침몰할 테니. 음, 염병할.

다시 내 식탁으로 돌아왔다. 남자 셋이 어린 사내애랑 옆 식탁을 차지하고 있었다. 식탁마다 작은 티브이 세트가 놓여 있었지만, 그들 식탁의 티브이는 **시끄럽게** 켜져 있었다. 애가 티브이를 무슨 시트콤에

"올라가다가 내게서 돈을 꾼 남자를 지나쳤다.
남자가 고개를 숙였다. 난 못 본 체했다."

맞춰놓았는데, 남자들이 애가 제 뜻대로 프로그램을 골라보게 내버려 두는 건 잘하는 짓이었다. 하지만 애는 티브이에는 아무런 관심이 없는지 소리도 듣지 않았고, 종이쪽 둥글게 뭉친 것을 이리저리 밀어대며 앉아 있을 뿐이었다. 애는 종이 공을 컵들 쪽으로 밀어 보냈다 되받아서 이 컵 저 컵에 던져 넣었다. 컵 몇 개는 커피가 가득 차 있었다. 하지만 남자들은 마냥 경마 얘기만 계속했다. 빌어먹을, 그놈의 티브이는 정말 **시끄러웠다**. 남자들에게 뭐라고 말을 해볼까, 티브이 소릴 좀 낮춰달라고 해볼까 하는 생각이 들었다. 그런데 그 남자들은 흑인이라 내가 인종주의자라고 생각할지도 몰랐다. 난 식탁에서 일어나 베팅 창구 쪽으로 나갔다. 운 나쁘게도 느린 줄에 서고 말았다. 노인 한 명이 베팅을 어찌 할지 곤란을 겪고 있었다. 노인은 예상승률표와 프로그램을 창구에 좍 펼쳐놓은 채 어디다 걸지 심하게 망설이고 있는 중이었다. 아마 양로원이나 그 비슷한 시설에 살면서 오늘 하루 경마장 나들이를 나온 모양이었다. 뭐, 그걸 금하는 법도 없고, 그가 어쩔 줄 몰라 하는 걸 금하는 법도 없었다. 하지만 어떻든 난 맘이 상했다. 젠장, 내가 왜 이걸 견뎌야 해, 하는 생각이 들었다. 난 노인의 뒤통수와 귀와 옷과 구부정한 등까지 다 기억할 정도였다. 말들이 출발대로 접근하고 있었다. 모든 사람이 노인에게 고함을 질러댔다. 그는 알아차리지 못했다. 조금 있다가, 우리가 애를 태우며 지켜보는 가운데, 그가 느릿느릿 지갑을 꺼냈다. 느리고 느린 동작이었다. 그가 지갑을 열고 속을 들여다보았다. 그러곤 지갑 속에 손가락을 찔러 넣었다. 더 이상 말하고 싶지도 않다. 그가 이윽고 돈을 내자 발매원이 천천히 돈을 거슬러줬다. 그러자 노인이 거기 선 채로 돈과 티켓을 들여다보고는 발매원에게 돌아서며 말했다, "아니, 내가 원한 건 6-4 연승단식[45]이지, 이게 아니야…." 누가 큰 소리로 쌍소리를 해댔다. 난 자리를 떴다. 말들이 출발대에서 뛰어나왔고, 난 오줌을 누러 남자 화장실로 갔다.

내가 돌아왔을 때 웨이터가 계산서를 갖고 왔다. 난 돈을 내고 20퍼센트 팁을 주며 고맙다고 했다.

"내일 봐요, 손님," 그가 말했다.

"아마도," 내가 답했다.

"여기 또 오실 거잖아요," 그가 말했다.

다른 경주들이 지루하게 이어졌다. 난 아홉 번째 경주에 일찍 베팅을 한 뒤 떠났다. 내가 떠난 건 출주 10분 전이었다. 차를 몰아 경마장 밖으로 움직였다. 센추리 대로 주차장 끝 신호등 옆에 구급차 한 대와 소방차 한 대, 그리고 경찰차 두 대가 서 있었다. 차 두 대가 정면충돌을 한 거였다. 사방에 깨진 유리였고 차들은 엉망으로 망가져 있었다. 누군가는 서둘러 들어오는 중이었고 누군가는 서둘러 나가는 중이었다. 경마꾼들이었다.

사고 현장을 우회해 센추리에서 좌회전했다.

또 하루가 머리에 관통상을 입고 매장됐을 뿐이었다. 지옥 같은 토요일 오후였다. 다른 사람들과 더불어 난 차를 몰아나갔다.

---

45) 6-4 연승단식: 6번 말이 1등인 동시에 4번 말이 2등이라는 데 거는 것.

92년 9월 15일 .... 오전 1시 6분

글이 막히게 된 사연을 얘기해보자. 거미에 물렸던 게 분명하다. 세 번씩이나. 92년 9월 8일 밤, 왼팔에 붉은 채찍자국 같은 게 크게 생긴 걸 발견했다. 저녁 9시 무렵이었다. 건드리면 약간의 통증이 왔다. 무시하기로 작정했다. 하지만 15분 뒤 채찍자국을 린다에게 보였다. 린다는 그날 응급실에 이미 다녀왔다. 무슨 물것의 침이 등에 박혀 있어서였다. 이미 9시가 넘었으니 지역 병원의 응급병동을 빼곤 문을 연 데가 없었다. 거긴 한 번 간 적이 있다. 술에 취해 뜨거운 벽난로에 넘어졌을 때였다. 불에 바로 넘어지진 않았지만 반바지만 입은 채 뜨거운 표면에 쓰러졌었다. 이번엔 이거, 이 채찍자국들이 문제였다.

"고작 이 채찍자국 따위로 응급실에 가면 내가 얼간이 같다는 기분이 들 거야. 자동차 충돌 사고, 칼부림, 총질, 자살 기도 등으로 피 칠갑인 사람들이 올 텐데, 난 기껏 붉은 채찍자국 세 개잖아."

"아침에 깨면서 남편이 죽어 있는 꼴을 보고 싶진 않다니까," 린다가 말했다.

15분간 생각해본 뒤 내가 말했다, "좋아, 가자고."

병동은 조용했다. 접수하는 여성은 통화를 하는 중이었다. 통화는 한동안 이어졌다. 이윽고 통화가 끝났다.

"어떻게 오셨죠?" 그 여성이 물었다.

"뭔가에 물린 거 같소," 내가 말했다. "의사에게 보여야 될 거 같소만."

나는 그 여성에게 이름을 댔다. 내 이름이 컴퓨터에 들어 있었다. 저번엔 결핵 땜에 왔었다.

난 응급실로 안내됐다. 간호사가 통상적인 검사를 했다. 혈압. 체온.

좀 있다 의사가 왔다. 그가 채찍자국을 살펴봤다.

"거미 같아 보이네요," 그가 말했다. "거민 대개 세 번 물거든요." 파상풍 주사를 맞고 항생제와 베나드릴[46]을 약간 처방받았다.

우린 약을 사려고 철야 영업 중인 세이번[47]으로 차를 몰았다.

500밀리그램 듀리세프[48]는 열두 시간 간격으로 한 캡슐씩 먹어야 했다. 베나드릴은 네 시간에서 여섯 시간 간격으로 한 알씩 먹게 되어 있었다.

약을 먹기 시작했다. 중요한 건 이거다. 하루 정도 지나니 결핵 약

46) 베나드릴: 알레르기 질환 등에 쓰는 항히스타민제의 한 종류(제품명).

47) 세이번(Sav-on): 캘리포니아 주의 약국 체인점.

48) 듀리세프: 항생제의 한 종류(제품명).

을 먹을 때와 비슷한 느낌이 되었다. 다만 그때는 몸이 허해져 있었기 때문에 난간을 붙잡고 몸을 끌지 않으면 층계를 걸어서 오르내리는 게 거의 불가능했다. 이번엔 그저 메슥거리고 멍할 뿐이었다. 몸은 속속들이 메슥거리고 정신은 속속들이 멍했다. 사흘째쯤 되던 날 그 상태에서 뭐가 써지는지 보려고 이 컴퓨터 앞에 앉았다. 그냥 앉아 있기만 했다. 그게 떠나갈 때 이런 느낌일 게 틀림없어, 하고 생각했다. 아무것도 할 수 없었다. 일흔둘이고 보면 언제라도 그게 떠나갈 수 있었다. 글을 쓰는 능력 말이다. 두려웠다. 명성이 문제가 아니었다. 돈도 문제가 아니었다. 나 자신이 문제였다. 난 몹쓸 버릇이 들어 있었다. 글쓰기라는 배출구, 오락, 해방이 난 필요했다. 글쓰기의 안도감, 글쓰기라는 염병할 일거리가 필요했다. 과거는 아무 의미가 없었다. 명성도 아무 의미가 없었다. 중요한 건 오직 다음 줄이었다. 다음 줄이 풀려나오지 않는다면, 기술적으론 비록 살아 있다 할지라도, 난 죽은 사람이었다.

항생제를 끊은 지 24시간이 됐지만 아직도 멍하고 좀 아프다. 지금 쓰는 글엔 불꽃도 도박 끼도 없다. 얘야, 정말 안됐구나.

내일은 주치의를 만나 항생제를 계속 먹을지 어쩔지 알아봐야 한다. 채찍자국은 작아지긴 했어도 여전히 남아 있다. 무슨 일이 생길지 아무도 모른다.

맞아, 내가 막 떠나려 할 무렵 접수대의 그 친절한 여성이 거미 물린 거에 관해 얘길 시작했지. "글쎄, 어떤 이십대 친구였어요. 거미에 물렸는데, 지금은 허리 위쪽이 마비됐다고요."

"그래요?" 내가 물었다.

"그럼요," 그 여성이 말했다. "그런 예가 또 있어요. 이 친군…."

"그만 됐소," 내가 말했다. "이제 가야겠소."

"아," 그 여성이 말했다. "좋은 저녁 보내세요."

"고맙소이다," 내가 답했다.

92년 11월 6일 .... 오전 12시 8분

오늘밤엔 독을 마신 듯 엉망으로 지쳐빠지고 뼛속까지 녹초가 된 기분이다. 전적으로 늙은 나이 땜에 그런 것만은 아니겠지만 나이와 무슨 관련이 있을지도 모른다. 군상, 저 군상, 내겐 언제나 처치 곤란인 저 인간 군상, 저 군상이 마침내 날 꺾어 이기는 모양이다. 내 생각에 가장 큰 문제는 저들에겐 모든 것이 그저 반복일 뿐이라는 거다. 저들에겐 신선함이란 없다. 기적의 가능성은 추호도 없다. 그저 꾸역꾸역 이어갈 뿐이다. 만약 어느 날 내가 **단 한 사람**이라도 무언가 예사롭지 않은 걸 행하거나 말하는 걸 볼 수 있다면, 그건 내가 저들과 함께 지내는 데 도움이 될 거다. 그러나 저들은 진부하고 너저분하다. 고양감은 전혀 기대할 수 없다. 눈과 귀와 다리와 목소리는 있지만… 아무것도 없다. 저들은 속으로 응고하고 있는 중이고, 저들은 살아 있는 체 가장하며 저 자신을 속여나간다.

젊었을 땐 나았다. 아직 뭔가를 찾고 있었으니까. 난 밤거리를 어슬렁대며 찾고 또 찾고…사람들과 어울리고, 쌈박질하고, 또 찾았다…

아무것도 찾아내진 못했다. 그러나 그 전체적인 광경, 그 아무것도 없음이 날 그다지 압도하진 않았다. 친구를 제대로 찾지도 못했다. 여자로 말하자면, 새 여자를 사귈 때마다 희망을 품었지만, 그것도 풋내기 때만 그랬다. 일찍부터도 난 사정을 알아채고, '꿈의 아가씨' 찾기를 그만뒀다. 그저 악몽 같은 여자만 아니길 바랐다.

사람으로 말하자면, 내가 찾아낸 사람들은 모두 이미 죽은 사람들이었다. 책 속, 음악 속에서 찾은 사람들. 하지만 그게 도움이 되긴 했다. 얼마 동안은. 그러나 활기차고 매력 있는 책은 그리 많지 않아서, 얼마 뒤 동이 나버렸다. 고전음악은 내 성채였다. 난 고전음악을 대부분 라디오로 들었고 지금도 그렇다. 뭔가 강력하고 새로우면서 미처 들어보지 못했던 음악을 듣게 되면, 지금도 난 항상 경악한다. 게다가 그런 일은 썩 자주 일어난다. 이 글을 쓰고 있는 동안에도 예전에 들어보지 못한 음악이 라디오에서 흘러나오는 걸 듣고 있다. 새로 흘러드는 피와 새로운 의미에 굶주린 사람처럼 음표 하나하나를 난 탐식한다. 그게 바로 음악 속에 있다. 수수백년에 걸친 엄청난 양의 위대한 음악이 존재한다는 사실에 난 놀랄 수밖에 없다. 한땐 많은 위대한 영혼들이 살았던 게 틀림없다. 설명할 순 없지만, 이걸 가졌다는 거, 이걸 느낀다는 거, 이걸 즐기고 칭송할 수 있다는 건 내 삶에서 큰 행운이다. 글을 쓸 때마다 난 라디오를 고전음악이 나오게 맞춘다. 글을 쓰는 동안 이 음악을 듣는 건 언제나 내 작업의 한 부분이다. 왜 고전음악에 그리도 많은 기적의 에너지가 담겨 있는지 누가 내게 언젠가 설명해줄 수 있을까? 그런 설명을 결코 듣게 될 것 같지는 않다. 난 그저 궁금해하는 수밖에 없을 거다. 이런 힘을 지닌 책들은 왜, 왜, 왜 더 없는 걸까? 작가들은 뭐가 잘못된 걸까? 좋은 작가가 왜 그리 드물까?

록 음악은 내게 그런 작용을 못한다. 특별히 내 아내 린다를 위해 록콘서트에 간 적이 있다. 두말할 거 없이 나도 괜찮은 남자 아닌가, 응? 암튼, 내 애독자인 록 음악인들 덕분에 티켓은 공짜였다. 우리 부부는 유명인사들과 함께 특별석에 자리 잡게 돼 있었다. 한때 배우였던 어느 영화감독이 자기 스포츠왜건에 우릴 태워 가려고 왕림했다. 또 한 명의 배우가 그와 함께 왔다. 이 친구들은 그들 나름으로 재능 있는 사람들로 나쁜 인간들은 아니다. 우린 감독의 집으로 차를 몰았다. 그 집엔 감독의 여자친구가 있었고, 우린 그들의 어린아이를 본 다음 리무진을 타고 떠났다. 술을 마시고 얘길 나누며. 콘서트 장소는 다저스타디움이었다. 우린 늦게 도착했다. 록그룹이 무대에서 폭발할 듯 엄청난 음향을 뿜어냈다. 2만 5,000명의 청중. 음악은 활기로 충만했지만 그 활기가 오래가진 않았다. 너무 단순했다. 알아듣기 힘들어서 그렇지 노랫말 자체는 괜찮은 것 같았다. 대의명분들에 대해, 품위 있는 행위들에 대해, 찾았다 잃어버린 사랑 등에 대해 얘기하고 있는 듯했다. 사람들에겐 그런 게—기득권 세력에 대한 반대, 부모에 대한 반대, 이런저런 것에 대한 반대가—필요하다. 하지만 그런 성공한 백만장자 록그룹은, 그들이 뭐라 말하든, **그들 자신이 기득권 세력이다.**

그러곤 얼마 뒤 리더가 말했다. "이 콘서트를 린다와 찰스 부카우스키에게 바칩니다!" 2만 5,000명의 청중이 우리가 누군지 안다는 듯 환호했다. 웃기는 일이었다.

거물급 영화배우들이 밀어닥쳤다. 난 전에 그들을 만난 적이 있다. 그런 상황을 걱정했었다. 감독이며 배우들이 우리 집에 몰려올까봐 걱정이었다. 난 할리우드가 싫었다. 영화는 내게 잘 맞지 않았다. 내가 이 사람들과 뭘 하고 있었던 걸까? 우롱당하고 있었던 걸까? 72년 동안 훌륭하게 싸워왔는데, 이제 와서 우롱을 당해?

콘서트가 거의 끝나갈 무렵 우린 감독을 따라 VIP 바로 갔다. 우리가 상류층 인사가 된 거였다. 이럴 수가!

거기엔 탁자 몇 개와 바가 하나 있었다. 그리고 유명인사들. 난 바 쪽으로 갔다. 마실 것은 공짜였다. 덩치가 거대한 흑인 바텐더가 한 명 있었다. 난 마실 걸 주문하고 그에게 말했다, "내가 이거 마신 다음, 우리 나가서 한판 붙자고."

바텐더가 싱긋이 웃었다.

"부카우스키 씨!"

"날 아시오?"

"선생님이 『LA 프리프레스』와 『오픈시티』에 연재하던 「너절한 늙은이의 수기」의 애독자였지요."

"그 참, 염병할…."

우린 악수를 했다. 한판 붙자던 건 취소였다.

린다와 난 각양각색의 사람들과 애길 나눴지만 내용은 모르겠다. 난 보드카세븐[49]을 따르러 바 쪽으로 가고 또 가고 했다. 바텐더는 큰

"난 마실 걸 주문하고 그에게 말했다,
'내가 이거 마신 다음, 우리 나가서 한판 붙자고.'"

잔 가득 따라줬다. 난 공연장에 오는 길에도 리무진에서 잔뜩 마셔댔었다. 밤이 점점 더 편안해졌다. 큰 잔으로 빨리 자주 들이켜기만 하면 그만이었으니까.

록스타가 바에 들어왔을 때 난 꽤나 취한 상태였지만 아직 정신은 있었다. 그가 자리에 앉자 우린 얘길 나눴지만 내용은 모르겠다. 그다음부턴 깜깜하다. 우리가 바에서 나간 건 분명하다. 나머진 나중에 듣고서야 알았다. 리무진이 우릴 집까지 실어줬지만 난 집 계단께에 와서 넘어져 벽돌에 머릴 깼다. 우린 얼마 전에 벽돌을 깔았다. 머리 오른쪽이 피투성이였고 오른손과 등도 다쳤다.

아침에 오줌 누러 일어나 난 이런 사실 대부분을 알게 됐다. 화장실에 거울이 있었다. 내 몰골은 왕년에 술집에서 쌈박질하고 난 뒤 같았다. 맙소사. 피를 좀 씻어내고 아홉 마리 고양이에게 먹이를 준 다음 침대로 돌아갔다. 린다 역시 몸 상태가 별로 좋지 않았다. 하지만 벼르던 록 공연을 봤으니 그걸로 됐다.

사나흘은 글을 쓸 수 없을 거고 한 이틀은 경마장에도 갈 수 없다는 걸 안다.

난 다시 고전음악으로 돌아왔다. 영예로운 대접이며 온갖 걸 다 받아본 셈이다. 록스타들이 내 책을 읽는다니 기분이 좋지만, 감옥이나 정신병원에 있는 사람들도 독자라며 편지를 보내온 적이 있다. 누가 내 작품을 읽건 내가 어쩔 수 있는 일이 아니다. 그 문젠 잊어버리자.

---

49) 보드카세븐(vodka 7): 보드카와 라임 주스, 레몬라임 소다 등을 넣은 칵테일.

오늘밤 여기 이층의 이 작은 방에서 라디오를 들으며, 늙은 몸, 늙은 정신이 회복돼가는 걸 느끼며 앉아 있는 건 근사하다. 난 이렇게, 여기 속한 사람이다. 이렇게. 이렇게.

93년 2월 21일 ········· 오전 12시 33분

오늘은 빗속에 경마장에 나가 우승예상마 아홉 마리 중 일곱 마리가 승리하는 걸 지켜봤다. 이런 일이 일어나면 난 대책이 없다. 나는 시간의 머리통이 박살나는 걸 지켜보며 사람들이 우승마 예상지, 신문, 정보지 따윌 꼼꼼히 살피는 모습을 쳐다봤다. 많은 사람들이 일찍 자릴 떠서 에스컬레이터를 타고 내려가 경마장을 나갔다. (이 글을 쓰고 있자니 삶이 정상을 되찾았다는 듯 밖에서 총소리가 들린다.) 네다섯 경주가 끝난 뒤 난 클럽하우스를 나가 특별관람석[50] 구역으로 내려갔다. 차이가 있었다. 백인들은 물론 더 적었고 가난한 사람들은 물론 더 많았다. 거기 아래쪽에서 난 소수자였다. 이리저리 걷다 보니 대기 속에 절망이 떠도는 걸 느낄 수 있었다. 이들은 2달러 베팅을 하는 사람들이었다. 그들은 우승예상마에 걸지 않았다.

---

50) 특별관람석(grandstand): 운동장이나 경마장 따위에서 정면에 있는 관람석. 대개 지붕이 있다. 그냥 '그랜드스탠드'라고도 한다.

그들은 한 방에 크게 먹을 수 있는 것, 연승단식,[51] '오늘의 2승'[52]에 걸었다. 그들은 적은 돈으로 큰돈을 딸 방법을 찾고 있었고, 그들은 허우적대고 있었다. 비에 젖어 허우적대고 있었다. 거긴 우울했다. 난 새 취미가 필요했다.

경마장은 변했다. 40년 전 경마장엔 뭔가 기쁨이 있었다. 잃은 사람들 사이에도. 바들은 사람으로 미어터졌다. 이젠 몰려드는 사람들도 다르고 도시도 다르고 세상도 다르다. 염병할 놈의 돈, 내일 또 오마, 하고 하늘로 날릴 돈도 없다. 이건 세상의 종말이다. 낡은 옷. 뒤틀리고 적의에 찬 얼굴들. 집세 낼 돈. 한 시간에 5달러씩 번 돈. 실업자, 불법 이주자들의 돈. 좀도둑, 빈집털이의 돈, 권리를 박탈당한 자들의 돈. 대기는 컴컴했다. 줄은 길었다. 가난한 자들은 길게 줄을 서야만 했다. 가난한 자들은 긴 줄에 익숙했다. 그리고 그들은 그 줄에 서서 제 꿈이 박살나기를 기다렸다.

이게 할리우드파크, 흑인 거주 지역, 중앙아메리카 사람과 여타 소수인종 거주 지역에 위치한 할리우드파크였다.

난 이층 클럽하우스로, 짧은 줄로 되돌아갔다. 줄을 선 다음 두 번째 우승예상마가 1등 하는 데 20달러를 걸었다.

"언제 바꾸시려오?" 발매원이 내게 물었다.

"뭘 바꾼다는 거요?" 내가 되물었다.

---

51) 연승단식: 1, 2등을 순위대로 모두 맞추기.

52) '오늘의 2승': 지정된 두 경주의 우승마를 모두 맞추기.

"마권을 현금으로 바꾸는 거 말이오."

"어느 때라도," 내가 말했다.

난 돌아서서 자릴 떴다. 발매원이 무슨 딴 얘기를 하는 소리가 들렸다. 늙고 구부정하고 머리칼이 허연 사내. 그는 오늘 내내 끗발이 나빴다. 발매원들 중에도 베팅을 하는 사람이 많았다. 난 베팅할 때 매번 다른 발매원에게 가려고 노력한다. 친해지고 싶지 않아서다. 그 잡것이 주제넘은 수작을 했던 거였다. 내가 환급을 하건 안 하건 지가 상관할 일이 아니었다. 발매원들은 끗발 좋은 경마꾼에게 곁다리로 붙어 베팅을 했다. 그들은 서로 묻곤 한다, "저 양반 어디다 걸었어?" 하지만 기대가 빗나가면 그들은 성질을 낸다. 발매원들도 제 머리로 생각을 굴려야 한다. 매일 경마장에 간다고 해서 내가 직업적인 도박꾼인 건 아니다. 난 직업적인 작가다. 때로는.

좀 걷고 있자니 웬 애송이가 내게로 달려오는 게 보였다. 뭐 땜에 그러는지 안다. 애송이가 내 길을 막아섰다.

"죄송합니다," 그가 말했다. "찰스 부카우스키 씨죠?"

"찰스 다윈," 하고 대답한 뒤 애송이를 피해 걸음을 옮겼다.

그가 무슨 소릴 하건 난 듣고 싶지 않았다.

난 경주를 지켜봤고, 내 말은 다른 우승예상마에게 뒤지는 바람에 2위로 들어왔다. 상태가 나쁘거나 진흙탕인 경주로에서는 우승예상마들이 많이 이긴다. 이유는 모르지만 실제 그렇다. 염병할 놈의 경마 끗발을 뒤로 하고 난 차를 몰아 집으로 돌아왔다.

집에 와서 린다와 인사를 나눴다. 우편함을 열어봤다.

『옥스퍼드 아메리칸』[53]에서 온 게재 거절 편지였다. 시들을 살펴봤다. 나쁘진 않고 근사했지만, 뛰어나진 않았다. 오늘은 그저 잃기만 하는 날이다. 하지만 난 아직 살아 있다. 서기 2000년이 다 돼 가는데 난 아직도 살아 있다. 그게 뭘 뜻하건.

우리 부부는 멕시코 식당에 외식하러 나갔다. 그날 밤 벌어지는 권투 경기 얘기를 많이들 했다. 차베스와 호건이 멕시코시티의 13만 관객 앞에서 맞붙게 돼 있었다. 난 호건에게 승산이 없다고 생각했다. 호건은 배짱은 있어도 펀치가 없고 동작도 느린가 하면, 나이도 한창 때가 3년 정도 지났다. 차베스가 맘만 먹으면 어느 라운드에라도 이길 수 있는 시합이었다.

그날 밤 경기는 꼭 그런 식이었다. 차베스는 라운드 사이사이에 의자에 앉지도 않았다. 숨조차 별로 가쁘게 쉬지 않았다. 시합 전체가 깔끔, 쌈박, 무자비한 한판이었다. 차베스가 상대의 몸통을 가격할 때면 내 몸까지 움찔했다. 대장장이 해머로 사람의 갈비뼈를 두들겨 패는 듯했다. 차베스는 결국 상대를 몰아붙이는 게 지겨워져서 끝장을 내버렸다.

"음, 염병할," 내가 아내에게 말했다. "볼 거라 예상했던 꼭 그대로를 보느라 돈까지 냈어."

티브이가 꺼졌다.

---

53) 『옥스퍼드 아메리칸(*Oxford American*)』: 1992년 미시시피 주 옥스퍼드 시에서 창간된 계간 문예지. 지금은 아칸소 주의 센트럴아칸소 대학에서 발행한다.

내일은 일본 사람들이 날 인터뷰하러 들르게 돼 있다. 현재 내 책 한 권이 일본말로 출판됐고, 또 한 권은 출판 준비 중이다. 그 사람들에게 무슨 말을 할까? 경마에 관해? 특별관람석 어둠 속의 숨통을 조이는 삶에 관해? 그 사람들은 그냥 질문만 할지도 모른다. 그런 편이 낫겠지. 난 작가다, 안 그런가? 기이한 일이지만 모든 사람들은 그 무엇이어야만 한다. 그렇지 않은가? 노숙자, 저명인사, 동성애자, 미친 사람 등등 뭐가 됐든. 아홉 경주에서 우승예상마가 일곱 번 이기는 일이 또 일어나면 난 뭔가 다른 걸 시작해볼 참이다. 조깅. 또는 미술관. 또는 핑거페인팅. 아니면 장기. 내 말은, 염병, 그런 것들도 경마 못잖게 멍청한 짓이란 거다.

93년 2월 27일 ························ 오전 12시 56분

선장은 점심 먹으러 나가버리고 선원들이 배를 접수했다.

흥미로운 인간이 왜 이리 드물까? 수백만 중에 어째서 고작 몇뿐일까? 이 충충하고 지루한 족속들과 계속 살아가야 하는가? 이 족속이 할 줄 아는 건 '폭력 행사'뿐인 것 같다. 그거 하난 정말 잘한다. 그거라면 그들은 정말 꽃처럼 활짝 피어난다. 그들은 우리의 귀한 기회를 악취로 망치는 똥 묻은 화장지다. 문제는 내가 이 족속들과 상종하며 살아가야 한다는 거다. 전등불이 나가거나, 이 컴퓨터가 고장나거나, 변기가 막히거나, 타이어를 갈아야 하거나, 이빨을 뽑거나 배를 째야 할 때면, 난 그들과 계속 상종할 수밖에 없다. 없어선 안 되는 자잘한 것들 때문에 난 그 씨댕이들이 필요하다. 그들의 꼬락서니는 소름 끼치지만. 사실 소름 끼친단 말도 좋게 표현한 거다.

그러나 그들은 긴요한 대목에서 실망을 시켜 내 염장을 지른다. 예를 들어, 경마장으로 차를 몰면서 난 매일 음악을, 그럴싸한 음악을 찾아서 여기저기 다른 방송국으로 라디오 단추를 눌러댄다. 온통 변변찮고, 진부하고, 생기 없고, 귀에 거슬리고, 맥 빠진 것뿐이다. 그런데 이런 곡들 중 어떤 건 수백만 장씩 팔리고, 그런 곡의 작곡가는 자기가 진짜 '예술가'라도 되는 줄 안다. 이런 끔찍하고 끔찍한 헛짓거리가 젊은 것들의 정신을 좀먹고 있다. 걔들은 그런 걸 좋아한다. 니미럴, 걔들은 똥을 쥐여줘도 집어삼킬 거다. 걔들은 분간을 못하는 걸까? 듣는 귀가 없는 걸까? 물 탄 듯 밍밍하고 김이 빠졌다는 걸 못 느낄까?

괜찮은 음악이 없다는 걸 믿을 수가 없다. 난 다른 방송국을 계속 눌러댄다. 차를 산 지 일 년도 채 안 됐지만 내가 눌러대는 단추는 검정색 페인트가 완전히 벗겨졌다. 상아처럼 하얀 단추가 날 노려본다.

음, 그래, 고전음악이 있지 않은가. 난 결국 그걸로 결정할 수밖에 없다. 그러나 그건 언제라도 들을 수 있다. 밤이면 고전음악을 서너 시간씩 듣는다. 난 다른 음악을 계속 찾아본다. 정말 없다. 있어야 하는데. 마음이 편치가 않다. 음악에 통째 다른 영역이 있다는 걸 모른 채 속아서들 산다. 괜찮은 음악이라곤 들어본 적도 없이 살아가는 이 모든 인간들을 생각해보라. 그들의 얼굴 살갗이 떨어져 나가도 놀랄 거 없고, 그들이 아무렇지도 않게 사람을 죽여도 놀랄 거 없고, 그들에게 심장이 없어도 놀랄 거 없다.[54]

글쎄, 내가 뭘 할 수 있을까? 아무것도 할 수 없다.

---

54) 그들의 얼굴…심장이 없어도: 좀비의 속성. 따라서 음악을 제대로 듣지 못한 사람은 좀비와 마찬가지로 온전한 인간이 아니라는 뜻이다.

“**예**를 들어, 경마장으로 차를 몰면서 난 매일 음악을,
그럴싸한 음악을 찾아서 여기저기 다른 방송국으로 라디오 단추를 눌러댄다.
온통 변변찮고, 진부하고, 생기 없고, 귀에 거슬리고, 맥 빠진 것뿐이다.”

영화도 시원찮긴 매한가지다. 난 비평가들의 얘길 듣거나 글을 읽곤 한다. 대단한 영화라고 그들은 말한다. 그럼 난 그 영화를 가서 보곤 한다. 그러고선 난 니미럴 멍청이가 된 기분으로, 강탈당하고 사기당한 기분으로 극장에 앉아 있는다. 매 장면이 어찌 돌아갈지 상황이 벌어지기도 전에 짐작이 간다. 등장인물들의 동기는 너무도 뻔하고, 그들을 움직이는 힘, 그들이 갈망하는 것, 그들이 중요하게 여기는 것 따위가 너무도 유치하고, 한심하고, 너무도 지겹도록 조잡하다. 사랑타령은 짜증스럽고, 진부하고, 정말 너저분하다.

대부분의 사람들이 영화를 너무 많이 본다고 난 확신한다. 특히 비평가들은 확실히 그렇다. 어떤 영화가 대단하다고 그 친구들이 말하면, 그건 그들이 본 다른 영화와 비교해서 대단하단 뜻이다. 그들은 전체적으로 조망하는 능력을 잃어버렸다. 자꾸자꾸 새로 나오는 영화들이 그들을 난타한다. 그 온갖 영화의 틈바구니에서 길을 잃은 채, 한마디로 그들은 아는 것이 없다. 정말 악취 나는 영화가 어떤 건지 그들은 잊어버렸다. 그들이 보는 영화들이 거의 다 그렇지 않은가.

티브이 얘긴 하지도 말자.

그리고 작가로서…내가 작가 맞나? 아, 글쎄. 작가로서 난 다른 사람들 글을 읽는 게 괴롭다. 우선 그자들은 한 줄, 한 단락을 어떻게 펼쳐놓아야 하는지 모른다. 인쇄된 걸 멀찌감치에서 쳐다보기만 해도 지겹단 느낌이 든다. 그러다 작심하고 읽어라도 보면 이건 지겨운 정도가 아니다. 완급 조절이 없다. 눈이 번쩍 뜨이거나 참신한 것도 없다. 도박 끼도 불꽃도 활력도 없다. 그들은 뭘 하고 있는 걸까? 고역을 치른 것 같아 보인다. 작가들이 대개 글쓰기가 고통스럽다고 하는 건 놀랄 일이 아니다. 왜 그러는지 이해할 수 있다.

내 글이 제대로 포효하지 않으면, 때때로 난 글을 가지고 다른 걸 시도해보기도 했다. 종잇장에 포도주를 부은 다음 성냥불에 태워 구멍을 냈다. "그 안에서 **도대체** 뭘 해요? 연기 냄새!"

"아니, 괜찮아, 여보, 괜찮아…."

한번은 쓰레기통에 불이 붙는 통에 내 작은 발코니로 황급히 들고 나가 맥주를 부은 적도 있다.

글을 쓰는 데 도움을 얻으려고 난 권투 경기를 즐겨 본다. 왼손 잽, 오른손 오버핸드, 왼손 훅, 어퍼컷, 카운터펀치 등이 어떻게 쓰이는지를 즐겨 지켜본다. 선수들이 완강하게 버티는 모습, 링 바닥에 쓰러졌다 다시 일어나는 모습을 즐겨 지켜본다. 권투에는 배울 만한 그 무엇, 창작 기법 혹은 글 쓰는 방법에 적용할 수 있는 그 무엇이 있다. 작가에게도 기회는 단 한 번 오고, 그걸로 끝이다. 기회를 살려 제대로 쓰지 못하면 남는 건 종잇장들일 뿐이니, 차라리 그걸로 연기나 피우는 게 낫다.

고전음악, 시가 담배, 컴퓨터 덕분에, 글이 춤을 추고 고함을 지르고 웃어젖힌다. 악몽 같은 삶도 도움이 된다.

매일 경마장으로 걸어 들어갈 때마다 난 내가 시간을 똥처럼 버리고 있다는 걸 안다. 그래도 내겐 아직 밤이 있다. 다른 작가들은 뭘 하는 걸까? 거울 앞에 서서 귓불이라도 살피고 있는 걸까? 그러곤 제 귓불에 관해 쓰는 걸까? 혹은 제 어머니에 관해? 혹은 세상을 어떻게 구원할 건가에 관해? 글쎄, 그따위 따분한 소릴 쓰지 않는 게 세상을 구원하는 길이지. 그 헐렁하고 시들시들한 헛소릴랑 관둬라! 관둬! 관두라고! 난 뭔가 읽을 게 필요해. 읽을 거 뭐 없어? 아마 없겠지. 있다면 내게 알려줘. 아니, 알리지 마. 난 알아. 그걸 쓴 게 너라는 거. 그건 잊어버려. 가서 똥이나 눠.

어느 날 웬 남자에게서 분노에 찬 긴 편지를 받았던 걸 기억한다. 셰익스피어를 좋아하지 않는다는 말을 할 권리가 내게 없다고 그 남자는 적었다. 많고 많은 젊은이들이 내 말을 믿고 셰익스피어를 굳이 읽으려 들지 않으리라는 거였다. 내겐 그런 입장을 취할 권리가 없단 거였다. 그 얘기가 끝도 없이 이어졌다. 난 그에게 답하지 않았다. 하지만 여기서 답을 하련다.

야, 좆까. 그리고 난 톨스토이도 좋아하지 않아!

옮기고 나서

『죽음을 주머니에 넣고』(이하 『주머니에 넣고』)는 독일 태생의 미국 시인 · 소설가 찰스 부카우스키(Henry Charles Bukowski, 1920~1994)의 *The Captain is Out to Lunch and Sailors Have Taken Over the Ship*(1998)을 옮긴 것이다.[1] 부카우스키가 죽고 4년 뒤 출간된 이 책은 그의 1991년 8월부터 1993년 2월까지의 일기를 골라 모은 것이다.

모멘토 출판사로부터 번역 의뢰를 받았을 당시 역자의 심정은 냉소 반 기대 반이었다. 일기모음이 출간된 데는 부카우스키의 새 글에 목말라하는 열렬독자들을 겨냥한 출판사의 상업적 계산이 아무래도 작동했으리라는 것이 냉소적 반응의 이유였다. 다른 한편, 백혈병 진단을 받은 부카우스키가 조만간 닥칠 자신의 죽음을 일상적으로 의식

---

1) 원제목은 이 책 말미 93년 2월 27일자 일기의 첫 문장을 따온 것이다. 번역서의 제목은, 원제목을 따른다면, '선장은 점심 먹으러 나가고 선원들이 배를 접수하다'가 되어야겠지만, 죽음에 관한 독특한 사념이 스며 있는 책의 전체적인 느낌을 살린다는 뜻에서 『죽음을 주머니에 넣고』로 하였다. 일본어판도 이와 같은 제목을 붙였다.

하면서 살아가던—또는 죽어가던—시기의 사적 · 개인적 기록이 『주머니에 넣고』로 묶였으니, 이 책에는 부카우스키의 작가적 · 인간적 면모가 오롯하게 담겼으리라는 것이 기대감의 근거였다. 결과부터 말하자면, 책을 검토해나가는 사이 역자의 냉소는 기대치를 아득히 웃도는 매력 앞에 맥없이 무장해제되고 말았다.

『주머니에 넣고』는 길지 않은 분량이지만 상당히 넓은 매력의 스펙트럼을 지니고 있다. 먼저 눈에 들어오는 것은, 때로는 익살맞고 때로는 풍자적이며 또 때로는 해학적인 에피소드들이 보석처럼 도처에 박혀 있다는 점이다. 이 에피소드들은 짤막한 단막극이나 손바닥소설을 잇따라 읽어나가는 것 같은 재미를 선사하는 한편, 인물들을 실감나고 생동감 있게 소묘해내는 작가의 수완을 압축적으로 보여주는 감칠맛 나는 읽을거리다. 그 덕분에 독자는 책의 저변에 흐르는 죽음에 관한 작가의 사념을 밝고 차분하게 귀담아들을 수 있다. 작가의 처지에서는 이 에피소드들이 자신의 예고된 죽음을 질척한 자기연민이나 무거운 회한에 빠지지 않고 담담히 대면하는 수단이기도 했으리라.

글쓰기나 작가됨과 관련된 부카우스키의 생각, 경마장을 찾는 하층계급에 관한 애증 어린 관심, 컴퓨터에 대한 작가의 열정 등도 주목거리지만, 불쑥불쑥 등장하는 독특한 은유법은 특히 눈여겨볼 만하다. 가령, 죽음은 때로 "연료 탱크 속 휘발유"가 되는가 하면, 또 때로는 "왼쪽 주머니에서 꺼내 벽에 대고 던졌다 튕겨 나오면 다시 받는" 놀이용 공이 되기도 한다. "십자가 맛이라면 볼 만큼" 본 작가의 "연료 탱크는 그런 걸로 그득하다. 십자가를 멀리한다손 치더라도" 작가에겐 "달리는 데 쓸 연료가 여전히 차고 넘친다." 작가 자신은 "철길을 씩씩거리며 달려 내려가는 늙은 기차다."

역자에게는 죽음을 대하는 작가의 태도가 퍽 인상적이었다. 작가는 죽음을 두려움의 대상이 아니라 지금 이곳의 삶을 열심히 살아나가도록 하는 활력의 원천—"연료 탱크 속 휘발유"—으로 보는가 하면, "꽃이 피어나는 것이 애도할 일이 아니듯, 죽음도 애도할 일이 아니"라는 발언에서 드러나듯, 죽음을 유무의 문제가 아니라 변화 또는 과정의 문제로 받아들인다. 이런 생각은 불교의 생사관을 방불케 하는데, 알고 보니 부카우스키의 장례는 불교 승려가 집전했다.

한마디로, 『주머니에 넣고』는 부카우스키의 작품세계를 이미 경험한 독자들에게는 그 세계의 은밀한 속살을 찬찬히, 그리고 깊이 살펴볼 기회를 선사할 것이고, 부카우스키를 미처 읽어보지 못했던 독자들에게는 참으로 특이하면서 여러 모로 매혹적인 문학적·인간적 개성으로 들어가는 통로를 열어주리라 믿는다.

끝으로, 좋은 책을 번역할 기회를 마련해주었을 뿐만 아니라 번역상의 이런저런 허점을 세심한 전문가적 안목으로 바로잡아준 모멘토 출판사 여러분, 그리고 교열 과정에서 힘을 보탠 작은아이 연지에게 고마운 마음을 전한다.

2015년 7월

설준규

부카우스키에 대하여

찰스 부카우스키는 당대 미국의 가장 저명한 시인이자 산문 작가 중 한 사람이다. 가장 영향력 있고 가장 많이 모방되는 시인으로 꼽는 사람도 많을 것이다.

부카우스키는 1920년 8월 독일 안더나흐에서 미국 군인 아버지와 독일인 어머니 사이에 태어났다. 아버지는 독일계 미국인이다. 그가 세 살 되던 해에 가족이 미국으로 와, 로스앤젤레스에서 자라고 도합 50년간을 살았다. 로스앤젤레스 시립대학을 2년 만에 중퇴하고 곳곳을 떠돌면서 글을 쓰기 시작했고, 마흔아홉 살에 블랙스패로 출판사의 제안에 따라 매월 100달러를 받고 글만 쓰기로 할 때까지 오랫동안 하층 노동자, 우체국 직원 등으로 일했다. (우체국은 마지막 일터이자 12년을 다닌 유일한 장기 직장이었다. 월 100달러는 그의 월급의 몇분의 일에 불과했지만, 그는 돈보다 '전업 작가'가 되기를 택했다.)

그는 스물네 살 때인 1944년에 첫 단편소설을 발표했다. 두 해 뒤 또 한 편이 다른 잡지에 실린 것 말고는 작품 발표 기회를 얻지 못하자, 스물여섯부터 10년 가까이 글쓰기를 접고 술에 젖어 살았다. 그러다 출혈성 궤양으로 사경을 헤매고 나서 서른다섯에 LA 지역의 언더그라운드 매체들에 시를 발표하며 글쓰기를 재개했다. 1994년 3월 9일 캘리포니아 주

샌피드로에서 일흔셋에 백혈병으로 세상을 떠났다. 마지막 소설 『펄프』(1994)를 막 완성하고 난 뒤였다.

부카우스키는 생전에 『우체국』(1971), 『팩토텀』(1975), 『여자들』(1978), 『햄 온 라이』(1982), 『할리우드』(1989) 등의 장편소설과 시집, 단편집, 산문집 등 마흔다섯 권이 넘는 저서를 냈다. 소설 중엔 그의 문학적 분신이며 술 · 여자 · 도박과 실패에 중독된 빈털터리 작가 헨리 치내스키가 등장하는 자전적인 것이 많다.

작가 사후에도 『가장 중요한 건 불속을 뚫고 얼마나 잘 걷느냐는 것』(1999), 『철야 영업 중―신작 시집』(2000) 등 많은 책이 출간되었다. 그의 작품은 현재 열 개가 넘는 외국어로 번역되어 세계 각처에서 읽히고 있다. 부카우스키의 삶에 바탕을 둔 영화로 미키 루크와 페이 더너웨이가 주연한 「술고래(*Barfly*)」(1987)가 있다. 그 자신이 시나리오를 썼다.

부카우스키는 하드보일드류의 압축된 문체로 섹스, 폭력, 술과 도박, 세상의 부조리와 어리석음 따위를 꾸준히 다루었다. 적막하고 버림받은 세계에서 살아가는 망가진 사람들의 '문학적이 아니라 현실적인' 소외, 거기서 종종 터져 나오는, 언뜻 뜬금없어 보이는 폭력적 행동들―. 그러나 연민이나 감상(感傷)과는 거리가 멀었다. 이 일기에서도 확인되듯이, 시치미 뚝 따고 던지는 그의 말들은 어떤 상황에서도 유머의 끈을 놓지 않는다. 스스로도 익살스럽거나 어이없는 행동을 마치 퍼포먼스처럼 보여주어 화제가 되곤 했다. 그러는 사이 부카우스키는 소외된 작가에서 컬트 작가를 거쳐 의도치 않은 인기 작가까지 되었지만, 아웃사이더의 시각과 감성은 결코 잃지 않았다. 그에겐 많은 수식어구가 따라붙었다. "언더그라운드의 왕", "하층민의 국민시인", "반실업자들의 선지자"…. 팬들은 그가 "20세기 후반 최고의 미국 작가"라고 주장한다. 사후 20년이 넘었는데도 그의 대중적 인기가 시들지 않는 비결은 무엇일까. 누군가의 분석처럼, 그가 자신의 이야기를 바닥까지 털어놓음으로써 친밀감을 불러일으키는 동시에 통속소설의 주인공처럼 영웅적인 늠름함을 잃지 않기 때문인지도 모른다.

부카우스키가 사망했을 때 그의 책을 출판하는 블랙스패로 사에는 애도 전화가 빗발쳤다고 한다. 미국 내는 물론이고 라틴아메리카, 프랑스, 네덜란드 등 세계 곳곳의 열성 독자들이었다. 울며 전화하는 이도 많았다. 시애틀의 한 커피숍 주인은 편집자의 최종 확인을 원했다. "누군가 우리 가게 앞에 '부카우스키가 죽었다'라고 써 붙였어요. 사람들이 울고 있고요. 사실입니까?"

출판업계지『퍼블리셔스 위클리』(2011년 7월 13일자) 기사에 따르면 부카우스키는 미국 서점에서 책을 가장 많이 도둑맞는 작가이기도 하다. 그의 책은 어느 것이든 잘 사라지기 때문에, 계산대 뒤 서가에 따로 보관하는 서점도 있다고 한다. 참고로, 부카우스키 다음은 윌리엄 버로스의 모든 책, 잭 케루악의『길 위에서』, 폴 오스터의『뉴욕 3부작』, 마틴 에이미스의 모든 책 순이었다.

그의 묘비에는 "Don't Try"라는 글귀가 새겨져 있다. 문학 지망생에게 주는 충고이기도 한 이 말을 부카우스키는 다음과 같이 설명했다: 어떤 사람이 나에게 물었다. 당신은 어떻게 글을 쓰느냐, 창작하는 방법이 뭐냐고. 그래서 답했다. 애쓰지 마라, 이 점이 아주 중요하다. 노력하지 '않는' 것, 목표가 캐딜락이든 창조든 불멸이든 간에 말이다. 기다려라. 아무 일도 생기지 않으면 좀 더 기다려라. 그건 벽 높은 데 있는 벌레 같은 거다. 그게 너에게 다가오기를 기다려라. 그러다가 충분히 가까워지면, 팔을 쭉 뻗어 탁 쳐서 죽이는 거다. 혹시 그 생김새가 마음에 든다면 애완용으로 삼든지.

부카우스키의 저서와 관련 영화 목록

장편소설

Post Office (1971, 번역본은 『우체국』, 열린책들)
Factotum (1975, 『팩토텀』, 열린책들)
Women (1978, 『여자들』, 열린책들)
Ham on Rye (1982)
Hollywood (1989)
Pulp (1994)

시집

Flower, Fist, and Bestial Wail (1960)
It Catches My Heart in Its Hands (1963)
Crucifix in a Deathhand (1965)
At Terror Street and Agony Way (1968)
Poems Written Before Jumping Out of an 8 Story Window (1968)
A Bukowski Sampler (1969)
The Days Run Away Like Wild Horses Over the Hills (1969)
Fire Station (1970)
Mockingbird Wish Me Luck (1972)
Burning in Water, Drowning in Flame: Selected Poems 1955-1973 (1974)
Scarlet (1976)

Maybe Tomorrow (1977)
Love Is a Dog from Hell (1977)
Play the Piano Drunk Like a Percussion Instrument Until the Fingers Begin to Bleed a Bit (1979)
Dangling in the Tournefortia (1981)
War All the Time: Poems 1981-1984 (1984)
You Get So Alone at Times That It Just Makes Sense (1986)
The Roominghouse Madrigals: Early Selected Poems 1946-1966 (1988)
Septuagenarian Stew: Stories & Poems (1990)
People Poems (1991)
The Last Night of the Earth Poems (1992)
Betting on the Muse: Poems & Stories (1996)
Bone Palace Ballet (1998)
What Matters Most Is How Well You Walk Through the Fire (1999)
Open All Night (2000)
The Night Torn Mad with Footsteps (2001)
Sifting Through the Madness for the Word, the Line, the Way (2003)
The Flash of the Lightning Behind the Mountain (2004)
Slouching Toward Nirvana (2005)
Come on In! (2006)
The People Look Like Flowers at Last (2007)
The Pleasures of the Damned (2007)
The Continual Condition (2009)

단편집과 단편 소책자

Confessions of a Man Insane Enough to Live with Beasts (1965)
All the Assholes in the World and Mine (1966)
Notes of a Dirty Old Man (1969)
Erections, Ejaculations, Exhibitions, and General Tales of Ordinary Madness (1972)
South of No North (1973)

Hot Water Music (1983)
Tales of Ordinary Madness (1983)
The Most Beautiful Woman in Town (1983)
Prying (with Jack Micheline and Catfish McDaris) (1997)
Portions from a Wine-stained Notebook: Uncollected Short Stories and Essays, 1944-1990 (2008)
Absence of the Hero (2010)
More Notes of a Dirty Old Man (2011)
The Bell Tolls For No One (2015)

논픽션과 서간집, 일기, 인터뷰 모음

Shakespeare Never Did This (1979, 1995)
The Bukowski/Purdy Letters (1983)
Screams from the Balcony: Selected Letters, 1960-1970 (1993)
Living on Luck: Selected Letters, 1960s-1970s, Vol. 2 (1995)
The Captain Is Out to Lunch and the Sailors Have Taken Over the Ship (1998)
Reach for the Sun: Selected Letters, 1978-1994, Vol. 3 (1999)
Beerspit Night and Cursing: The Correspondense of Charles Bukowski & Sheri Martinelli (2001)
Sunlight Here I Am: Interviews and Encounters, 1963-1993 (2003)

영화와 시나리오

Bukowski at Bellevue (1970년의 시 낭송회 기록 필름)
Bukowski (1973, 캘리포니아 KCET TV의 다큐멘터리)
Supervan (1977, 라마 카드 감독의 극영화로 부카우스키 저작과는 무관하나, 그가 카메오로 출연)
There's Gonna Be a God Damn Riot in Here (1979년 시 낭송회 기록 필름, 2008년 DVD 출시)
The Last Straw (1980년 마지막 시 낭송회 기록 필름, 2008년 DVD 출시)
One Tough Mother (1979년과 80년 그의 마지막 두 차례 시 낭송회를 담은 비디오. 2010년 DVD 출시)

Tales of Ordinary Madness (1981, 국내 제목「어느 시인의 사랑」. 마르코 페레리 감독, 벤 가자라와 오르넬라 무티 주연의 극영화. 주인공 찰스 서킹은 부카우스키의 분신 헨리 치내스키가 등장하는 단편 등에 바탕을 두고 만든 인물)

Poetry In Motion (1982, 부카우스키, 앨런 긴스버그, 윌리엄 버로스, 마이클 온다체를 비롯한 수십 명의 시인이 음악가 존 케이지 등과 함께 각자의 시를 가지고 벌인 다양한 퍼포먼스를 기록한 영화. 다큐멘터리 전문인 론 맨 감독 작품이며, '시의 우드스톡 페스티벌'로 불리기도 함)

Barfly (1987, 국내 제목「술고래」. 바르베 슈로더 감독 극영화, 부카우스키가 헨리 치내스키를 주인공으로 한 자전적 시나리오를 집필. 미키 루크와 페이 더너웨이 주연)

Crazy Love (1987, 벨기에 감독 도미니크 드루데르가 부카우스키의 여러 작품에서 소재를 얻어 조스 드 파우 주연으로 만든 극영화. 마돈나, 숀 펜, 프랜시스 포드 코폴라 감독 등이 찬사를 보냈고 1980년대의 고전으로 평가되기도 하나, 시간[屍姦]을 포함한 민감한 내용 때문에 널리 받아들여지지는 않았음)

Bukowski: Born Into This (2003, 명암 짙었던 부카우스키의 삶을 다양한 방식으로 추적한 존 덜러헌 감독의 다큐멘터리)

Factotum (2005, 장편『팩토텀』을 영화화한 것으로,『죽음을 주머니에 넣고』의 내용도 일부 가미. 감독은 노르웨이의 벤트 하머이며 맷 딜런, 릴리 테일러, 머리사 토메이가 출연)

The Suicide (2006, 부카우스키 단편소설로 만든 15분짜리 영화. 제프 마키 감독 · 주연)

Mermaid of Venice (2011, 부카우스키 단편소설로 만든 31분짜리 영화. 그레고리 플리차노프 감독, 톰 드마, 가이 맥, 이레나 에레미나 출연)

(출처: Wikipedia의 Bukowski 항목과 이 책 원서 *The Captain Is Out to Lunch and the Sailors Have Taken Over the Ship*의 저서 목록. '영화와 시나리오' 부분은 설명을 추가했다.)

죽음을 주머니에 넣고

초판 1 쇄 : 2015년 7월 30일
초판 3 쇄 : 2021년 10월 8일

지은이 : 찰스 부카우스키
옮긴이 : 설준규

펴낸이 : 박경애
펴낸곳 : 모멘토
등록일자 : 2002년 5월 23일
등록번호 : 제1-3053호
주 소 : 서울시 마포구 만리재옛4길 11 나루빌 501호
전 화 : 711-7024, 711-7043
팩 스 : 711-7036
E-mail : momentobook@hanmail.net
ISBN 978-89-91136-28-1